언
제
나

편하게

언제나 편하게

허택 소설집

강

언
제
나
편하게

I

오늘 밤 어때? 감미롭게 넘어가던 와인이 목구멍에서 걸린다. 놀란 눈으로 그녀를 바라본다. 그녀의 웃음이 부드럽게 살랑거린다. 뜻밖의 말이다. 뜻밖의 얼굴 표정이다. 마치 뜻하지 않게 연극 무대 위 배우를 보는 듯하다. 이십 센티미터 거리의 그녀가 낯설다. 그녀의 숨소리는 잔잔하다. 와인 내음이 풍기지 않는다. 눈동자가 반짝인다. 내가 무슨 말을 했길래 그녀가 뜻밖의 말을 했을까? 순간 기억이 가물거린다. 오히려 부드럽게 웃으며 나를 의아한 듯 바라본다. 그녀는 조용히 와인 잔을 입술로 가져간다. 웃음이 번지는 입술 속으로 와인이 스며든다. 옅은 초콜릿색 입술이 선명하게 보인다. 어때, 오늘 밤? 그녀가 다시 한 번 나에게 선택을 강요한다. 와인이 스며든 그녀 목소리는 초콜릿처럼 달콤하다. 좀 더 나에게 바싹 다가오며 더 진하게 웃는다. 숨소리는 차분하다. 반쯤 남은 와인을 음미하지 않고 냉수처럼 벌컥벌컥 들이켠다. 와인이 목구멍으로 넘어가는 동안 숨을 크게 들이쉬었다. 오늘? 좋지. 쉽게 대답이 나온다. 취기 때문에 나온 대답이 아니다. 놀라워서 얼떨결에 나온 대답이다. 그녀가 눈치채지 못하도록 숨을 빠르게 가라앉힌다. 들숨 날숨을 몇 번 크게 쉬면서 조용히 가슴을 쓸어내렸다. 그녀가 소믈리에를 불러 비틀즈의 「예스터데이」와 해리 닐슨의 「위다우트 유」를 신청한다. 비워진 내 술잔에 와인을 찰랑거리며 붓는다. 그 소리가 유난히 경쾌하다.

우리가 와인 바에 온 지 삼십여 분. 두 잔째 와인을 마시는 중이었다. 내가 무슨 말을 했길래 그녀가 '오늘 밤 어때?'라고 했을까? 기억을 더듬어봤다. 어학원에서 세번째 만남이지만 어색한 분위기를 없애고 싶었다. 그녀가 이웃집으로 이사와서 우연히 몇 번 눈인사만 한 사이 같았다. 자주 가는 와인 바가 이 근처에 있는데…… 그곳에 가면 어때? 그녀의 대답이 재빠르게 나왔다. 물론 내가 먼저 합정동 사거리에서 말을 꺼냈다. 커피 한잔할까? 말을 끝내자마자 쉽게 와인 바로 가자는 대답이 나올 줄 몰랐다. 거절할 것이라 짐작했다. 너무 쉽게 말해 당황스러웠다. 와인 바로 가자는 대답에 더욱 놀랐다. 합정동 넓은 사거리는 언제나 바쁜 걸음들로 가득 찼다. 10월의 밤 아홉시는 헤어지기 쉽지 않았다. 바쁜 걸음을 여유롭게 만들고 싶어졌다. 바쁜 걸음들 속에서 그녀는 당당하게 걸었다. 어학 수업을 마치고 장 과장과 함께 셋이 홍대 입구에서 합정동 쪽으로 걸어오는 동안 그녀는 바쁜 걸음이 아니었다. 어색하게 오 분여를 걷는 동안 부츠 소리는 귓속으로 또렷하게 들렸다. 에르메스 갈색 머플러가 가을바람에 우아하게 너울거렸다. 스쳐가는 사람들의 바쁜 표정이나 걸음이 그녀에게는 없었다. 장 과장은 괜히 바쁜 듯 여유가 없어 보였다. 오늘은 집에 일이 있어 먼저 갈게. 다음 주 목요일에 봅시다. 망원동 쪽으로 걸음을 돌리며 장 과장이 먼저 우리와 헤어졌다. 10월의 바람이 잠시 우리 곁에 머물렀다. 밤바람은 유난히 상쾌했다. 바람은 여유롭게 우리 둘을 감쌌다. 그녀의 갈색 머플러가 살랑살랑 나풀거렸다. 나풀거리는 갈색 머플러 사이로 그녀는 부드럽게 웃고 있었다. 순간 당황스러웠다. 바람 속으로 숨어들며 스스로 작아지는 것을 느꼈다. 그녀는 바람 속에서 당당했다. 나는 바람에 휘말려 날아가고 싶었다. 하지만 가을바람은 바쁜 걸음들 사이로 여유롭게 맴돌았다. 가을바람이 나의 발걸음을 잡아버렸다. 당황해서 커피 한 잔하자는 말을 먼저 했다. 그녀와 이혼한 후 12년만의 해후였다. 그녀와 최근 한 달 동안 어학원에서 세번째 만났다. 그럼 와인 바로 가자. 내 대답을 듣자마자 밤바람을 상쾌하게 맞으며 그녀는 발길을 돌렸다. 나도 몇 번 와본 적 있는, 합정동 뒷골목 유명한 와인 바였다. 언제나 올드팝이 흘렀으며, 스탠드바에서 마시는 와인은 감미로웠다. 그녀가 와인을 즐겼던가? 순간 예전 기억을 더듬어봤다. 기억은 깜빡깜빡할 뿐이었다.

탤런트 송중기를 닮은 삼십대 후반 소믈리에가 와인에 대해 개그 스타일로 웃기며 재치 있게 설명했다. 그녀와 소믈리에가 친구처럼 웃으며 편하게 애기한다. 보관해둔 와인을 줘. 그녀는 와인바가 집처럼 편해 보였다. 그녀는 즐겁게 말을 던진다. 나만 어색하게 쭈뼛거린다. 앉아. 그녀가 낯설어 보인다. 앉으세요. 소믈리에가 친근하게 말한다. 의자가 어둠 속에서 어지럽게 보인다. 의자가 넘어질 것 같아 꽉 잡는다. 조심해서 앉아. 그녀는 오늘 내내 말을 낮춘다. 의자에 앉았지만 그녀와의 어색함은 쉽게 사라지지 않는다. 소믈리에가 안주로 치즈와 아몬드를 내밀자 나는 바로 치즈 조각을 입에 넣었다. 내 어색함을 눈치 채지 못하도록 움직여야 할 것 같다. 치즈를 오물거리며 말을 하지 않았다. 내 잔에 와인을 붓는 그녀의 손길은 은은한 조명 아래 시간을 요리하듯 우아하고 여유롭다. 그녀의 손가락이 와인 병을 소믈리에처럼 묘기 부리듯 움직인다. 시간이나 공기, 심지어 와인 병조차 그녀의 손길에 놀아나는 듯하다. 치즈를 급하게 꽉 씹었다. 악관절이 아플 정도로. 그녀가 점점 더 낯설어 보였다. 그녀를 스페인

어학원에서 새롭게 알게 된 학원생으로 대할까? 아니면 십이 년 만에 만나는 이혼한 아내로 대할까? 어색하고 낯선 시간들이 송곳처럼 온몸을 찌른다. 머릿속에서 식은땀이 흘러넘치는 듯하다. 먹먹하기도 하고, 뒤엉킨 머리를 정리할 수 없다. 오랜만이야. 자, 한잔하자. 잔잔하게 또박또박 여유롭게 말을 건넨다. 그녀는 웃으며 와인을 마신다. 입술로 스며드는 와인 소리가 경쾌하다. 출판사도 하면서 아직 K대학교에 근무하고 있어? 엉겁결에 "응" 하고 대답했다. 그녀의 분위기에 짓눌리고 있다. 질식할 듯 가슴이 조여온다. 학원생으로 대하든 이혼한 아내로 마주하든 어느 쪽이나 나에게는 어색하다. 하지만 어느 쪽이든 선택해야 한다. 몇 달 전이었다. 앞으로 어떻게 살아갈 거야? 장 과장이 동기회에서 만나 물었을 때, 네가 좀 도와줘, 인생 밑천 다 떨어졌다며 부끄러움을 무릅쓰고 말할 수밖에 없었다. 출판사도 겨우겨우 꾸려오다가 이 년 전부터 적자로 돌아섰어. 너 여행 좋아하잖아, 어학 전공이고. 남미나 스페인 쪽 여행 가이드 해보지 않을래? 우리 여행사에서 마침 스페니시권 전문 여행 가이드를 구하고 있는데…… 함께 6개월간 단기 특별 강습학원에 다니자. 고민이나 선택의 여지가 없었다. 부탁한다, 내 취향에 맞겠네. 사십대 초반의 불안은 부실한 경제 능력에서 시작된다. 이미 나는 이십대부터 헐떡거리는 삶으로 아슬아슬하게 보내지만, 그래도 어떻게든 지탱해왔다. 홍대 입구에 있는 직장인들을 위한 단기 특수 어학원이야. 매주 목요일마다 두 시간 강의가 있지. 그렇게 말하는 장 과장을 따라 어학원에 다니기 시작했다.

어학원 첫 수업에서 함께 공부할 열 명이 서로 인사를 나눴다. 그때 장 과장이 나를 툭 치며 한 여자를 가리켰다. 깜짝 놀랐다. 순간 숨이 멈췄다. 낯선 듯 낯설지 않은 그녀가 있었다. 십이 년 만의 해후였다. 그녀는 나를 알아본 건지, 아니면 모른 체 하는 건지 강의실 앞자리에서 담담하게 자기소개를 했다. 성산동에서 약국을 경영하고 있는 사십대 초반 김혜경입니다. 잘 부탁합니다. 나를 스치듯 눈길이 지나갔지만, 얼굴에는 전혀 놀라는 기색이 없었다. 십이 년 전 모습은 보이지 않았다. 놀라울 정도로 단아하고 우아했다. 살짝 화장한 듯한 얼굴은 뽀얗고 반질반질했다. 프라다풍 투피스 베이지색 정장이 의외로 그녀에게 어울렸다. 안정됐다는 느낌이 온몸에서 풍겼다. 행복한 표정이 얼굴에 역력했다. 저는 대학로에서 조그마한 출판사를 경영하는 사십대 초반 이경석입니다. 나는 굳은 목소리로 자기소개를 했다. 힐끗 그녀를 봤다. 그녀는 여전히 덤덤했다. 첫 수업을 마친 후 그녀는 바람결처럼 자연스럽게 강의실에서 걸어 나갔다. 나도 일어서 복도로 나갔지만 머뭇거리기만 했다. 그런 나를 장 과장이 툭 치더니 그녀에게 오랜만이라며 먼저 인사를 했다. 그제야 나도 덩달아 그녀에게 오랜만이라는 인사를 했다. 그녀는 거리낌 없이 환하게 웃으며 우리에게 반갑다고, 오랜만이라고 화답했다. 함께 수업 잘 받아보자는 마무리 인사까지 하면서 그녀는 총총 계단으로 내려갔다. 십이 년 전의 그녀가 아니었다. 낯설고 어색했다. 하지만 낯설 수 없는 모습이 그녀에게 남아 있었다. 놀랐다는 장 과장의 탄성을 계속 들으며, 가슴 깊숙이에서 치솟아 오르는 자괴감을 느꼈다. 범행 현장에서 검거된 범인이 된 듯한 기분이었다. 저 여자가 저렇게 예쁘고 우아했었나? 장 과장의 들뜬 목소리가 귀로 들어오자마자 나는 그의 뒤통수를 한 대 갈겼다.

두번째 수업 후 장 과장이 그녀에게 먼저 커피 한잔하자며 말을 꺼냈다. 그녀는 방긋 웃으며 그래요, 하고 쉽게 대답했다. 나는 두 사람의 들러리처럼 커피숍에 앉았다. 둘은 오래간만에 만난 동창 같았다. 두 사람은 앉자마자 편한 친구처럼 대화를 나눴다. 어학원의 강사와 스페인어 발음을 두고 대화가 오갔다. 그녀는 편하게 웃으면서 잔잔하게 이야기했다. 나는 잠시 자리를 피하고 싶어 마실 것 주문을 받아 카운터로 향했다. 그녀에게서 십이 년 전 흔적은 전혀 찾을 수 없었다. 예전에 그녀는 핼쑥했던 볼에서 그늘진 주름이 보였었다. 입가에는 웃음이 없었다. 목소리는 축 처져 있었다. 성형한 얼굴은 아니다. 자연스럽게 얼굴은 변신했다. 함께 커피 마시며 오랜만에 만난 동창처럼 능청스럽게 대화에 끼어들었다. 삼십여 분 동안 그녀는 십이 년 전 아내가 아니었다. 나를 보는 눈길은 자연스러웠다. 나는 그녀의 눈길을 피하며 이야기를 했다. 잠시 장 과장이 화장실에 간 사이, 그녀가 느긋하게 웃으며 나를 쳐다보며 다정하게 말했다. 십이 년 전 그때 고마웠어요. 혹시 만난다면 꼭 말하고 싶었어요. 정말 고마웠어요. 공손한 말이었다. 온몸이 감전된 듯 저릿했다. 뇌신경들이 급브레이크를 밟은 것 같았다. 도대체 무슨 말이야? 머릿속에는 그 생각뿐이었다. 혀가 굳어지며 말들을 잃었다. 잠시 먹먹한 동안, 고맙다는 말을 그녀에게서 세번째로 들었다. 장 과장이 자리에 앉자 겨우 입을 열 수 있었다.

헤어져서 집에 오는 동안, 고마웠다는 그녀의 말이 머릿속에 계속 맴돌았다. K에게 전화가 왔을 때도 건성으로 응응 대답하며 급히 전화를 끊었다. 그녀가 말한 고마웠다는 단어가 밤새 잠을 쫓아냈다. 뇌신경을 완전 가동해도 상대성 이론의 공식처럼 답을 낼 수 없었다. '왜?'라는 의문은 머릿속에서 소용돌이쳤다. 잠들 수 없는 어둠 속에서 오싹오싹 떨었다. 나를 미워하고 외면하면서 함께 자리를 하지 않을 줄 여겼다. 오히려 그녀는 당당했다. 소름끼칠 정도로 의젓했다. 하지만 나는 능청스러울 수 없었다. 십이 년 전 마지막으로 봤던 그녀의 얼굴이 떠올랐다. 그때 얼굴을 기억하면 고마웠다는 말은 나에게 의문일 뿐이었다. 서울 가정 법원 근처 커피숍에서 파리하고 지친 얼굴로 나에게 더듬거리며 던진 말이 기억났다. 왜 하필 나였어요? 마치 트로트풍의 노래 가사인 듯했다.

하지만 절규에 가까운 목소리였다. 그녀는 하필이 아니었다. 처음부터 나의 포획물이었다. 잘 지내렴. 그동안 좋은 인연이었다고 생각하는 것이 편해. 사냥꾼으로서 누리는 마지막 온정이었다. 커피숍에서 나올 때 힐끗 본 그녀의 마지막 모습은 흐느낌이었다. 그녀는 깊게 흐느꼈다. 그녀가 커피숍에서 얼마를 앉아 있었는지 따위는 전혀 궁금하지 않았다. 홀가분했다. 차 키로 시동을 걸었을 때 콧노래가 절로 나왔다. 결혼 삼 년여 동안 그녀는 초라했다. 약사라는 직업에 어울리지 않게 처량했다. 삼 년을 그녀와 함께 살아온 스스로가 대견했고 인내심이 강하구나 자찬했다.

금요일 아침 장 과장에게서 전화가 왔다. 흥분된 목소리는 폰에서 쨍쨍 울렸다. 정말 맞아? 예전 혜경 씨가 맞아? 네가 자기 재산을 빼돌린 것도 모르고 있어? 도대체 어떻게 된 거야? 내가 너에게 묻고 싶다. 짜증스럽게 대답했다. 어학원을 그만둘까? 너는 괜찮아? 능청스러울 수밖에 없었다. 내 생활도 급해! 친구에게 신경질 낼 수밖에 없었다. 하루하루 넘어가는 일주일이 뒤숭숭했다. 그녀의 목소리가 환청처럼 겨우 잠들기까지 웅웅거렸다. 주말에 K와 만났을 때 시름거리며 아프다는 핑계로 섹스를 하지 않았다. K가 의아한 듯 보챘다. 아랫도리를 꽉 쥐고 어디가 아프냐고 물었을 때 귀찮아서 바로 욕실로 들어가 온수 속에서 잠들었다. 일요일 내내 K는 잔소리로 내 기분을 상처 냈다. 일요일 오후 광주로 내려가는 K

의 얼굴이 뾰로통했지만 그런 것에 신경 쓸 기분이 아니었다. K와도 끝내야 하나? 태연스럽게 생각할 수 없는 이별이 언뜻 떠올랐다. 출판사 업무도 제대로 되는 것이 없었다. 스페인어 수업 세번째 목요일, 어학원 계단을 오르며 '오늘은 나를 어떻게 대할까?' 하는 떨림과 궁금증으로 가득했다.

오늘 밤 어때? 그녀의 말이 와인 바를 울리기 전에, 와인 첫 잔을 마시며 나는 능청스러워지고 싶었다. 세번째 만나는 학원생으로서의 생소함과 십이 년 전 전처로서의 어색함 사이를 아슬아슬하게 넘어가고 싶었다. 생소함에 대한 흥분은 사라졌다. 하지만 붕 뜬 불안이 세번째 만남의 생소함을 필요로 했다. 능청스러워지기 위한 마음가짐이 생소함이었다. 생소함에는 테스토스테론에 의한 흥분이 따른다. 예전 능청스러웠던 기억을 되새겼다. 그때는 파리한 그녀에게 마냥 능청스러웠고 음흉했었다. 지금 그녀는 파리하지도 않고 처량하지도 않다. 예전 기억에서는 자괴감만 생겨난다. 아랫도리까지 숨을 들이쉬며 그녀와의 신혼 첫날밤 기억을 더듬었다. 그날만은 처녀라는 생소함에서 온 테스토스테론 흥분이 있었다. 그녀에게는 첫날밤의 고통이었지만 뻔뻔한 나에게는 나름대로의 생소함이 있었다. 우린 한때 매우 뜨거웠고 사랑 넘치는 밤을 보낸 적이 있었어. 아, 세월이 많이 흘렀어. 자괴감과 어색함을 숨기기 위해 뻔뻔하고 능청스럽게 말을 만들었다. 와인에 취한 척 두서없이 말을 뱉어냈다. 오늘 밤 어때? 숨 쉴 틈도 없이 바로 그녀가 말했다. 은근히 눈가에 웃음을 지으며. 그녀에게서 처음 보는 웃음이다. 신청한 「위다우트 유」가 와인 바 안에 퍼졌다. 그녀가 와인을 맛깔나게 마시며 말한다. 신혼 때 네가 자주 들려주던 팝이지. 기억에 없다. 당황스럽다. 그때는 이 노래가 나를 설레게 했는데 오늘은 마음을 편하게 하네. 고마워. 또 나를 놀라게 하는 말이다. 소믈리에가 가끔 우리 대화에 끼어들어 분위기를 부드럽게 한다. 폰이 울리고 바탕화면에 K의 이니셜이 뜬다. 머뭇거리는 나에게 그녀가 받아보라는 눈짓을 한다. 잠시 바깥에 나가 전화를 받고 오자 서슴없이 괜찮아? 혹시 아내가 걱정하는 것 아냐? 당당하게 말을 한다. 당황스럽다. 괜찮아. 재혼 안 했어. 그냥 가끔 만나는 사람이야. 갈증을 심하게 느끼며 연거푸 와인을 마신다. 핑 도는 머릿속에서 그녀는 돌풍처럼 휘몰아친다.

그녀는 시간을 요리하듯 목요일 밤을 맛나게 만들고 있다. 그녀 식성대로 시간을 요리한다. 그녀가 맛나게 만드는 시간 따라 나는 목요일 밤을 맛나게 먹기만 하면 된다. 합정동 밤이 그녀의 손길 따라 다듬어지고 있다. 무심하게 지나쳤던 거리의 불빛들이 폭죽처럼 합정동 밤하늘로 밤새 터진다. 합정동 밤거리가 무섭다. 아니 흥분된다. 합정동 밤이 이렇게 아름다웠나? 그녀 손길에 밤이 황홀하게 만들어진다. 그녀는 예전 병든 길고양이가 아니다. 아스팔트 한구석에서 아파 벌벌 떨면서 애처롭게 웅크리고 있던 모습을 지금은 찾을 수 없다. 이제는 고고하게 고개를 치켜세우고 도도하게 꼬리를 치며 걸어 다니는 페르시안 친칠라 고양이가 됐다. 그녀의 변신은 당혹스럽기도 하고, 신기하기도 하다. 예전 병든 길고양이였을 때는 마냥 슬픈 눈동자로 내 손길을 기다렸다. 지금은 범접할 수 없는 자태로 나를 놀이감으로 여긴다. 당당하게 내 가슴 위에 올라와서 뜨겁게 쓰다듬는다. 헉헉거리는 내 숨결을 조롱하듯 깊게 들숨 날숨을 쉬면서 몸의 시간을 맛나게 요리한다. 그녀가 다루는 몸의 시간은 격렬하고 달콤하다. 밤을 뜨겁게 달군다. 밤의 기온이 한없이 치솟는다. 나는 마냥 그녀의 손길 따라 휘청거릴 뿐이다. 놀라움에 숨조차 제대로 쉴 수 없다. 그녀는 서두르지도 않고 느긋하지도 않다. 혀 깊숙이, 나를 천천히 때로는 재빠르게 음미하며 그녀 속으로 집어삼킨다. 나와 목요일 밤을 맛나게 핥아 먹은 후 포만감을 만끽하며 깔끔하게 나에게서 떨어진다. 얼떨떨한 시간 동안 샤워 소리가 세차게 들렸다. 샤워가 끝나자 그녀는 도도한 모습으로 돌아와서 합정동 밤하늘을 음미한다. 커피 한잔 준비했어. 그녀는 행복하게 말한다. 예전의 어색함과 지금의 생소함이 슬그머니 사라졌다. 새롭게 지금의 친밀함이 생겨난다. 묘하게 생긴 친밀감이 서로의 숨결을 느끼게 한다. 하지만 도도하고 당당한 모습은 변함이 없다. 여전히 경계심을 갖게 한다. 다가가면 확 할퀼 것 같다. 눈은 푸르게 반짝인다. 나를 쳐다보는 눈이 깊다. 풀 수 없는 의문에서 헤어날 수 없을 것 같다. 하지만 나를 편하게 하는 눈길이다. 대학교는 벌써 관두고 출판사도 잘 안 된다면서? 알고 있으면서 왜 물었지? 당신을 편하게 하려고. 출판사는 그녀의 저금통장을 몰래 축내서 만든 나의 음모였다. 그녀가 처음부터 내 음모를 알았다고 해도 나는 마음에 두지 않았을 것이다. 나는 그녀를 음모의 희생자로 여겼다. 그렇지 않으면 삼십대의 삶은 너절하고 비참하며 답답하게 이어질 것 같았다. 꽉 막힌 삶을 뻥 뚫고 날아야겠다고 결심했다. 그녀는 쉽게 나의 눈에 들어온 희생물이었다. 이혼 후 그녀는 나의 음모를 알았을 것이다. 내가 이혼을 요구하자 묵묵히 있기만 하던 그녀였다. 나는 그녀에게 뻔뻔하게 말했다. 결혼 생활하며 몰래 콘돔을 사용해 피임했다고. 그제야 그녀는 고개를 끄덕이며 흐느꼈다. 손을 떨며 이혼 서류에 도장을 찍었다. 출판사는 적자투성이야. 미안하다. 너 몰래 네 돈으로 차린 출판사인데…… 이 모양이 됐네. 변명처럼 너절하게 더듬으며 얘기한다. 그녀는 아무렇지 않게 웃기만 한다. 창밖 가로등이 희미하게 식어간다. 속죄양처럼 그녀 앞에 있기에는 비참하다. 며칠 전부터 불면증을 일으킨 의문을 더듬거리며 물어본다. 나를 미워하거나 원망하지 않고 고마웠다니? 그녀는 깔깔거리고 웃은 뒤 이야기를 털어놓기 시작한다.

Ⅱ

나라는 흰 캔버스에 그림이 아름답게 그려지길 바랐다. 누
군가가 그려줄까? 소녀 때부터 수줍게 기다렸다. 어떻게 아
름답게 그려줄까? 첫 달거리부터 설렘으로 가득했다. 누군가
가 그림을 그리려 내 캔버스 앞에 나타났을 때, 아랫도리에서
달거리가 새빨간 장미처럼 활짝 피어났다. 누군가에게 내 맘
속 반짝이는 첫 별을 아낌없이 줬다. 하지만 누군가는 그림을
아름답게 그리지 않았다. 아니, 그릴 마음이 전혀 없었다. 제
멋대로 캔버스에 엉망진창 낙서만 잔뜩 했다. 누군가는 엉망
으로 그려놓고 히히거리며 떠났다. 오랜 시간 캔버스는 찢어
지고 누렇게 변색돼 바람 따라 처량하게 나부꼈다. 세월 따라
나부끼던 캔버스 앞에 한 마리의 애완견 그리고 두 명의 새로
운 누군가가 차례로 나타났다. 차례로 찢어진 캔버스를 풀로
붙이고서, 서로 도우며 엉망진창의 낙서를 그림으로 변화시
켰다. 사랑이 가득한 손길로 낙서를 아름다운 그림으로 만들
었다. 기적 같은 그림이 완성됐을 때, 눈이 부시게 아름다웠
다. 나는 행복하게 울었다.

처음엔 지우의 재롱이 즐겁지 않았다. 오히려 귀찮고 성가
셨다. 하지만 며칠간 서로 티격태격하다 보니 정이 들기 시

작했다. 내 곁에 와서 나를 보며 짖어댈 때, 꼬리를 내 몸에 살랑거렸을 때 공원 바닥에 떨어진 나뭇잎들을 지우에게 던졌다. 내 곁에 오지 말라고. 성가시게 하지 말라고. 오전 나절 아파트 공원은 텅 비었다. 이혼의 상처는 쉽게 아물지 않았다. 이혼이란 상처는 아팠다. 쉽게 잠들 수가 없었다. 남편을 원망하기보다 순진했던 스스로가 더욱 원망스러웠다. 삼년의 결혼 생활 동안 남편의 웃음은 다정했고, 진실했다. 그건 나만의 착각이었다. 갑작스런 이혼은 내 삶을 뒤흔들었다. 잘못 살아왔나? 잠 못 이루는 밤이 괴로웠다. 오전 나절 약국 바로 옆 공원에서 남몰래 쉬곤 했다. 나무로 가려진 벤치에 멍하게 앉아 있곤 했다. 어디서 나타났는지, 지우가 거의 매일 나에게 쫄랑거리며 다가왔다. 짖어댔고, 꼬리를 살랑거렸으며, 내 발등을 핥기도 했다. 애완견인 줄 알았다. 그런데 유기견이었다. 어느 날은 뒤를 쫓아 약국까지 따라왔다. 귀찮아서 그냥 내버려뒀다. 혼자서 약국을 들락날락거리며 내 곁에서 서성거렸다. 초여름 비에 흠뻑 젖은 지우가 급히 약국으로 들어와서 바닥에 쓰러지며 나를 쳐다봤다. 눈 속 깊이 외로움이 서려 있었다. 짖지도 못한 채 할딱거리며 아픔으로 빠져들었다. 듬성듬성 털 빠진 몸뚱이는 애처로웠다. 지우 눈 속에서, 몸뚱이에서 나를 봤다. 그날부터 나와 지우의 동거가 시작됐다. 나의 아파트는 지우의 재롱으로 가득 찼다. 내 품속에 안겨 자는 지우에게서 온기를 느꼈다. 냉랭하던 아파트도 온기로 가득 찼다. 하루하루 우리의 사랑은 깊어갔다. 지우는 나보다 훨씬 늙은 언니였다. 언니처럼 나를 다독거려줬다. 우울증과 불면증이 사라지면서 나에 대한 실망도, 남편에 대한 원망도, 이혼에 대한 절망도 까마득하게 잊어버렸다. 지우는 내가 우울증이나 불면증에 걸릴 틈을 주지 않았다. 아침 햇살을 받으며 지우와 아파트 공원을 산책하는 것이 큰 즐거움이 됐다. 봄 여름 가을 겨울 계절마다 아침 햇살은 나뭇잎이나 풀잎 그리고 꽃들에 여러 가시 색깔을 칠했다. 지우는 나뭇잎이나 풀잎, 꽃들에 내려앉은 아침 햇살을 멍멍 짖으며 껴안았다. 누군가가 빼앗아간 저금통장과 이혼 도장도 잊혀졌다. 대수롭지 않게 여겨졌다. 누군가의 음흉한 눈길도 기억 속에서 멀어졌다. 아침 햇살이 나에게 멜라토닌을 뿌렸다. 아침 햇살 속 지우의 재롱은 내 몸을 옥시토신으로 가득 채웠다. 지우의 재롱 따라 콧노래가 절로 흘러나왔다. 남편과 있을 때 느껴보지 못했던 즐거움이었다. 지우와 함께하는 아침 산책은 단순했다. 아니 단순하지 않았다. 매일매일 지우의 재롱은 아침 햇살 따라 꽃들의 색깔처럼 달라졌다. 매일 달라지는 재롱이 재미있었다. 함께 지낸 지 이 년이 지나면서 지우는 산책하기 힘들 정도로 늙어갔다. 걱정은 엄청나게 커져갔다. 이즈음 하준을 만났다. 대학 동기회장의 성가신 전화 때문에 모처럼 동기회에 참석했다. 여러 동기들이 반갑다고 인사했다. 그런데 하준이가 가장 많이 반가움을 표했다. 미국 유학에서 돌아와 모교에서 강의를 맡고 있다면서, 보고 싶었다는 말까지 서슴없이 했다. 그냥 인사말로만 흘려버렸다. 함께 귀가하다 보니 같은 아파트 단지의 이웃사촌이었다. 출퇴근길에 약국에 들러 대화를 나누곤 했다. 얼굴이 어둡네, 왜? 지우가 늙어서 오래 못 살 것 같아. 하준은 내 어깨를 힘껏 감쌌다. 함께 보살펴주자. 친구로서 우정이 넘쳤다. 걱정이 크기에, 친구의 정이 좋았다. 하준은 틈나는 대로 나 대신 동물병원을 가거나 내 아파트에서 지우를 보살폈다. 우리는 함께 지내는 시간이 많아졌다. 지우는 하준을 나와 같이 어울려야 하는 사람으로 여겼다. 움직이지 못하지만 하준에게 재롱을 부렸다. 나에게 하는 것처럼. 우리 셋은 합체돼야 하는 생명체로 변신했다. 거의 매일 하준이가 지우를 안고서 셋이 아침 산책을 했다. 걸을 수는 없었지만 지우는 아침 햇살에 고개를 흔들며 재롱을 부리곤 했다. 서서히 다가오는 늙음에도 지우는 전혀 슬픔을 내색하지 않았다. 나와 하준의 얼굴을 혀로 핥으며 즐거워서 쌕쌕거렸다. 오히려 나를 위로하는 듯했다. 괜한 걱정을 하지 말라면서. 그러나 나와 하준의 정성 어린 보살핌도 냉정한 시간 속에서 소용없었다.

　어느 5월, 햇살 담은 바람이 드높은 하늘에서 살랑살랑 불 때, 이 세상 모든 것에 햇살이 비추며 온갖 색깔로 새롭게 단장할 때, 아침저녁 노을이 아름답고 감탄스러울 때, 이 세상 모든 것이 햇빛과 바람 안에서 꿈틀거리며 생명을 만들어낼 때, 지우는 천천히 그리고 서서히 햇빛과 바람 속으로 사라져 갔다. 몸이 먼지처럼 미세하게 부서지며 우리 앞에서 사라졌다. 눈물 속에서 사라지는 지우가 보였다. 손발부터 부서지며 흩어졌다. 눈을 반쯤 감은 채 우리를 보며 행복하게 웃음 지었다. 나에게 잔잔하게 그리고 따뜻하게 마지막 인사를 했다. 고마웠어, 정말 고마웠어. 햇빛과 바람 속으로 사라지면서 남긴 마지막 인사였다. 아무리 허우적거리며 지우를 잡으러 해도 바람과 햇빛 속으로 사라졌다. 고맙다는 마지막 기적의 말을 따뜻하게 남긴 채. 눈물이 한없이 흘렀다. 하지만 통곡하지는 않았다. 사라지는 아름다움을 가슴에서 눈물로 느꼈다. 눈물은 눈이 부시게 햇빛을 담았다. 하준이와 함께 눈물을 흘리며 서로 손을 꼭 잡고 사라지는 지우에게 작별 인사를 했다. 나도 고마웠다고. 사라졌지만 고마웠다. 지우를 품은 햇빛과 바람이 내 얼굴을 간질거렸다. 내 얼굴을 핥는 지우가 느껴졌다. 지우는 사라지지 않았다. 햇빛과 바람에 묻혀 내 곁에 맴돌고 있다. 나는 언제나 지우를 바람과 햇빛 속에서 만날 수 있다. 재롱부리며 나를 즐겁게 하는 지우를 볼 수 있다.

지우가 떠난 빈자리를 하준이 메워줬다. 그는 거의 매일 약국에 들렀다. 지우 대신 그와의 저녁 산책이 시작됐다. 산책 중에 그는 엉뚱한 말들을 했다. 내가 왜 유학을 떠났는지 알아? 생각지 않은 질문이었다. 몰라. 무심하게 대꾸했다. 네가 결혼한 걸 견디기 힘들어서 그랬어. 깜짝 놀랄 말을 했다. 내가 왜 아직 결혼 안 한지 알아? 다시 엉뚱한 질문을 했다. 몰라, 하고 무심코 대답했다. 너를 아직 못 잊은 모양이야. 가슴 뛰는 대답이 돌아왔다. 지우와 함께 있을 때의 편안한 느낌이 하준과의 산책 중에 찾아왔다. 젊은 날의 우정은 아니었다. 지우의 작별 인사 속에 들어 있던 간절한 사랑이었다. 전혀 예상치 않았던 나에 대해 짝사랑이 그의 애절한 눈에서 보였다. 나를 짝사랑한 남자가 있었구나. 나는 전혀 생각지 못했는데. 나는 이혼한 여자야. 그에게는 하찮은 문제였다. 고민거리가 될 수 없었다. 지우가 햇빛과 바람 속으로 사라지고 일 년 뒤, 봄 햇살 속에서 지우를 추모하며 하준과 새 가정을 꾸렸다. 그때 전 남편에게 고맙다는 느낌을 가졌다. 지우 대신 내 곁에서 하준이 재롱을 떨었다. 밤낮 구별 없이 하준은 재롱과 애교를 부렸다. 하지만 난임의 시간은 이삼 년 계속됐다. 산부인과 선배 의사의 알뜰한 치료나 조언도 소용없었다. 그러다가 가정을 다시 가진 지 사 년째, 또 다른 내가 자궁에서 자라기 시작했다. 하루하루 또 다른 호흡과 맥박 소리를 들으며 온몸에서 기쁨이 넘쳐났다. 딸이네요. 의사의 흥분된 목소리에 우리 부부는 마냥 울었다. 기쁨은 저절로 눈물이 됐다. 출산한 딸아이는 지우를 닮았고, 나와 하준을 닮았다. 햇빛과 바람 속에서 딸아이는 마냥 싱그럽게 웃었다. 딸아이 이름을 지우라고 지었다.

딸아이 돌잔치 때, 뜻밖에 막내외삼촌이 소식을 듣고 참석을 했다. 너무 반가웠다. 외항선을 타느라 몇 년에 한 번밖에 보지 못하던 막내외삼촌이었다. 외삼촌도 어느덧 환갑을 넘긴 나이였다. 백발에서 세월이 보여 눈시울이 뜨거워졌다. 어릴 적 큰오빠처럼 나를 다정스럽게 보살펴줬다. 외삼촌이 외할아버지 소식을 전해줬다. 외할아버지가 양평의 요양병원에 입원해 있다고 했다. 돌잔치의 기쁨보다 무심했던 스스로를 자책했고, 슬픔이 울컥 솟구쳤다. 외할아버지에 대한 미안함에 잠시 화장실에서 흐느꼈다. 초등학교 시절은 외할아버지와 함께 보낸 시간이 많았다. 지방에 발령 받아 근무해야 했던 엄마 대신 외할아버지가 부모 노릇을 했다. 외할머니는 간암으로 일찍 세상을 떠나셨다. 중학교 시절부터 부모와 함께 서울에 살면서 큰외삼촌 따라 부산으로 내려간 외할아버지를 자주 만날 수 없었다. 지우를 재운 후, 남편 품안에서 외할아버지에 대한 미안함과 걱정에 참았던 눈물을 흘렸다.

주말에 남편과 요양병원을 찾아갔다. 예전 풍채 좋았던 외할아버지 모습은 보이지 않았다. 야윈 몸으로 침대에 누워 찾아와서 고맙다고 어눌하게 말했다. 눈물이 쏟아졌다. 외할아버지는 사라져가고 있었다. 주말마다 병문안을 갔다. 외할아버지는 사랑 가득한 웃음으로 나를 맞이했다. 기억을 더듬으며 어릴 적 나에 대해 이야기했다. 아직도 세세하게 기억하고 계셔서 놀랐다. 넌 참 귀엽고 예쁘며 똑똑했지. 더듬거리는 말에는 사랑이 넘쳤다. 잘 자라줬다며 기뻐했다. 가을바람과 햇살이 가득 뿌려진 9월 마지막 수요일에 외할아버지는 사라졌다. 가을바람은 청량했고, 햇살은 해맑았다. 사라지기 전 내 손을 꼭 잡고 따스한 눈길로 자주 와줘서 고마웠다고 작별 인사를 했다. 시간은 냉정했다. 무심한 시간과 함께 외할아버지는 땅에 묻혔다. 청량한 가을바람과 맑은 햇살 속으로 외할아버지는 행복하게 사라져갔다. 지우 언니와 외할아버지는 생명이 햇살과 바람 속으로 사라지는 것을 알려줬다. 그들은 냉정하고 무심한 시간에도 함께했던 시간을 고마워하며 행복하게 사라져갔다. 그들이 사라진 햇살과 바람을 눈물 속에 담았다. 가슴 깊이 기억될 수 있게.

이 년 전이었다. 시간의 잔인함은 또 다른 모습으로 나를 놀라게 했다. 뜻밖의 사라짐이었다. 하준의 교통사고가 있기 전까지 다듬어지는 나이 따라 가정은 따뜻했다. 하지만 무심한 시간 속에 또다시 잔인하게 사라지는 것이 있었다. 천둥 번개 치는 여름밤, 하준이 사라졌다. 빗길 교통사고로 하준이 사라졌다. 가슴은 울분으로 터질 지경이었다. 온몸이 산산조각 찢어지는 듯했다. 대구 여름학회에 참석 후 귀경하는 경부 고속 도로에서의 빗길 교통사고였다. 마지막 통화에서 자고 다음 날 올라오라는 나의 걱정을 빨리 보고 싶다는 웃음 섞인 대답으로 거절했다. 급하게 지우를 안고 응급실로 달려갔을 때 하준은 의식 불명이었다. 이미 천둥 번개 치는 여름 폭우

속으로 사라지고 있었다. 돌풍이 남편 곁으로 휘몰아쳤다. 식어가는 남편 몸뚱이를 부둥켜안고 울부짖었다. 심장 소리도, 숨소리도 들리지 않았다. 식어버린 몸은 내 온기로도 도저히 따뜻해지지 않았다. 지우가 아빠, 하고 울부짖는 소리만 응급실을 가득 채웠다. 시간은 잔혹하게 멈추지 않았다. 지우와 나의 통곡도 천둥 번개 소리를 이기지 못했다. 남편의 입술이 마지막으로 파르르 떨렸다. 마지막 작별 인사가 떨리면서 희미하게 들렸다. 고마웠다고. 지우와 행복했다고. 입가에 잔잔하게 웃음이 번졌다. 남편이 웃으며 말하자, 눈물로 울렁거리던 마음이 잔잔해졌다. 마지막 웃음을 같이 나눴다.

그녀가 창문을 활짝 연다. 바람이 방으로 불어온다. 호텔 룸이 바람으로 가득 찬다. 10월 밤바람이 상쾌하고 달콤하다. 그녀는 눈을 사르르 감고 바람 속으로 빠진다. 얼마나 밤바람이 사랑스럽니? 너도 느껴지니? 바람 속으로 내가 사랑했던 사람들이 행복하게 사라졌지. 언제나 나를 감싸며 함께 지내지. 그들과 함께 언제나 편하게 커피도 마시고, 춤도 추고, 꼭 껴안기도 하고, 대화도 나누지. 그녀는 바람과 함께 춤추며, 커피를 마신다. 너는 바람 속으로 사라진 사랑하는 사람들이 있니? 그가 당황스럽게 커피 잔을 들며 대답하지 못한다. 오늘 합정동 목요일 가을밤이 어때? 바람이 사랑스럽게 불잖아. 바람 속 사랑하는 사람들과 나도 화사하게 흩날리고 싶거든. 너도 바람 속 사람들처럼 여겨졌어. 왠지 예전 사랑했던 마음이 기억되면서. 그것만으로도 우리는 언제나 편할 수 있을 것 같아. 새 저금통장을 갖고 있고, 집도 가지고 있어. 넌 지금 또 그런 것들이 필요하지 않니? 나는 개의치 않아. 시간은 너무 잔인하니까. 어쩔 수 없어. 너도 나도 언젠간 바람 속으로 사라질 거니까. 그가 조각상처럼 우뚝 선 채 바람을 맞는다. 바람이 무섭다. 그녀가 딱딱하게 굳은 그를 툭 건드린다. 그가 바람에 쓰러진다. 그는 바람을 느낄 수 없다. 그녀가 쓰러진 그에게 웃으며 작별의 말을 한다. 다음 주 목요일에도 편하게 만나자.

피
가

흐림

후

맑음

1

벚꽃이 피었다. 작년보다 일주일 정도 빨리 피었다. 벚꽃 피는 공원을 볼 수 있을까? 조마조마했다. 며칠 전 저녁 텔레비전 뉴스를 보던 딸이 올해 벚꽃 소식을 전해줬다. 엄마, 올해는 벚꽃이 이상 기온으로 일주일 정도 빨리 핀대. 딸애 말을 듣자마자 이중 창문을 열었다. 가슴이 두근거렸다. 아직 저녁 바람은 쌀쌀했다. 바람이 아직 쌀쌀한데 일찍 필까? 바람이 차갑게 얼굴에 부딪혔다. 순간 숨이 막혔다. 작년 기억이 되살아나서 두려웠다. 흉통이 살짝 스치는 듯했다. 그래도 어두워진 아름공원 쪽으로 고개를 돌렸다. 어두워서 나무들이 보이지 않았다. 창문 여는 소리에 딸애가 급하게 내 침실로 들어와서 짜증스럽게 고함을 질렀다. 왜 문을 열었어! 놀라서 급하게 창문을 닫았다. 작년 이맘 때 죽을 뻔했던 기억 벌써 잊었어? 딸애 눈치를 보며 고개를 떨궜다. 이마를 찡그리며 잔소리를 늘어놓곤 건넛방으로 갔다. 딸애 짜증이 싫지 않았다. 오히려 가슴이 따뜻해지는 것을 느꼈다. 그러자 심장이 팔딱 뛰는 소리가 들렸다. 가슴을 넓게 폈다. 깊게 들숨 날숨을 쉬었다. 잠시 후 감시하듯 내 방으로 딸애가 다시 찾아왔다. 이중 창문 쪽으로 고개를 돌린 후 미안했다는 듯이 씩 웃으며 말했다. 준이와 철이에게 연락할까? 벚꽃 피는 일요일에 함께 아빠에게 가보자고. 딸애 말에 가슴이 뜨겁게 팔딱거렸다. 내가 전화할게. 울컥하는 가슴을 어루만지며 대답했다. 딸애도 씩 웃으며 건넛방으로 다시 갔다. 딸애 웃음이 반가웠다. 그리고 고마웠다. 다음 날 딸이 외손녀를 아름유치원에 데리고 간 아침나절, 봄이 궁금해 이중 창문을 조금 열어 바깥 공원을 봤다. 조금 연 창문 틈새로 바깥 한기가 확 밀려왔다. 3월 중순 날씨가 매섭다. 매운바람이 콧속을 찡하게 찌르며 숨을 막았다. 기침이 흉통과 함께 순식간에 쏟아졌다. 그래도 바깥의 봄 풍경을 보고 싶었다. 아름공원은 공원이라기보다 아름유아·유치원의 놀이터라고 할 수 있다. 하지만 원장의 세심한 손길로 온갖 나무들이 공원을 채웠다. 우연히 십여 년 전 이사 와서 살기 시작한 아파트가 사층이라 공원이 내 정원처럼 여겨졌다.

그동안 사계절마다 바뀌는 정원 풍경을 덤덤하게 스쳐 보냈다. 느긋하게 공원 풍경을 볼 여유는 내 생활에 없었다. 바쁜 생활에 공원 풍경을 즐기는 것은 사치였다. 그냥 있는 듯 없는 듯 눈에 들어오는 공원이 편했다. 하지만 작년 벚꽃이 피기 전에 심근경색으로 쓰러졌고, 스탠트 치료 후 집에서 요양하면서 공원 풍경이 눈에 제대로 들어오기 시작했다. 여름, 가을, 겨울 풍경을 공원에서 봤다. 올해 벚꽃이 왠지 보고 싶었다. 창문 틈새로 공원 나무들이 앙상하게 보였다. 나를 죽음으로 몰고 간 봄바람에도 꽃을 피우는 나무들이 신기했다. 작년에 내 가슴을 치며 심장을 멎게 한 바람이 창밖에서 여전히 휘몰아친다. 조심스레 코를 수건으로 막고 두껍게 옷을 입었다. 앙상한 나뭇가지들이 매서운 바람 따라 파르르 떨렸다. 나뭇가지에는 꽃망울뿐만 아니라 새싹조차 보이지 않았다. 겨울 색을 입은 나뭇가지들만 시퍼런 하늘로 뻗었다. 매서운 바람에 흔들리며. 하지만 봄 햇살은 나뭇가지 껍질을 따스하게 간질거렸다. 작년에 보이지 않던 봄 햇살이 나뭇가지 껍질에서 보였다. 봄 햇살이 찬바람을 뚫고 나뭇가지 껍질을 어루만졌다. 나뭇가지 껍질이 봄 햇살에 꿈틀거렸다. 예전에는 왜 이런 현상이 보이지 않았을까? 스스로가 이상했다. 내 심장도 함께 꿈틀거렸다. 피가 뜨거워졌다. 처음 느껴지는 몸의 현상이다. 매서운 바람은 봄 햇살을 쫓아내지만 소용없다. 오히려 봄 햇살에 바람이 따스하게 부풀었다. 야외학습 시간인지 원생들이 우르르 놀이터가 있는 공원으로 무리 지어 나왔다. 현관문 열리는 소리에 깜짝 놀라 창문을 닫고 잠자는 척했다. 엄마, 나 왔어. 딸애의 낭랑한 목소리가 조용한 오전 거실에 퍼졌다. 내일도 공원을 살짝 봐야겠다. 내일 공원 풍경이 궁금하다. 딸애 목소리가 듣기 좋았다.

가끔 가슴이 조여오고, 가슴 통증이 칼에 찔린 듯 일어났을 때 나는 알았어야 했다. 피가 썩고 있다는 것을. 하지만 나는 너무 건방졌다. '그까짓 거 피로하니까' '신경을 너무 썼나. 잠시 스쳐가는 가슴 통증이겠지' 하고 대수롭지 않게 생각했다. 내 피는 나만이 갖고 있는 순수의 상징인 줄 알았다. 90세까지 건강하게 장수한 엄마에게서 물려받은 유전자의 핏줄이 내 온몸을 감싸고 있다고 오만하게 생각했다. 어릴 적 봄날 첫 달거리를 할 때, 벚꽃이 드넓은 우리 집 정원을 온통 덮고 있었다. 첫 생리통에 드러누워 아파할 때, 엄마는 살포시 웃으며 나를 꼭 껴안아줬다. 이마에 흐르는 땀을 닦아주며 말했다. 벚꽃이 화사하게 피는 봄날에 우리 딸이 벚꽃 같은 첫 달거리를 하는구나. 첫 달거리가 벚꽃처럼 너무나 화사하고 맑구나. 엄마의 말 따라 나는 특별한 유전인자를 가진 듯 여겼다. 내 몸속에 흐르는 핏물만 깨끗하다고 생각했다. 그런 생각은 점점 내 머릿속에서 굳어졌다. 그때부터 나는 도도하게 자랐다. 내 몸 구석구석 건강하게 뻗은 실핏줄로 맑은 핏물이 싱싱하게 흘렀다. 몸과 머릿속에 맑고 새빨간 피가 흘러서 스스로 똑똑하고 아름답다고 생각했다.

젊은 시절에는 내 몸속에서 핏물이 더욱더 힘차고 맑게 흐른다고 느꼈다. 매일 거울 속 나를 보며 아름답고 우아한 자태에 스스로 놀라곤 했다. 나는 어느 곳에서나 눈에 띄었고, 여러 사람에게서 칭찬을 받고 부러움을 샀다. 남이 보이지 않았다. 어디서나 나만 보였다. 피가 썩는다고 생각할 겨를이 없었다. 발그레한 얼굴도, 날씬한 몸매도, 똑똑한 말투나 행동도 나만이 갖고 있는 맑고 새빨간 핏물 때문이라고 여겼다. 사실이 그러했다. 결혼하기 전까지는. 간혹 여동생이 나에게 한마디씩 잔소리를 던졌다. 너무 자신만만한 거 아냐? 물론 언니가 대단한 건 알지만. 여동생 잔소리를 질투로 여기고 가볍게 넘겼다. 엄마는 불공평해. 나에게는 불량 유전자를 줬나? 여동생의 불평은 나를 은근히 우월하게 만들었다. 하지만 여동생은 불평 끝에 언제나 귀엽고 깨끗하게 웃었다. 나는 자신만만했다. 경력은 점점 화려해졌다. 내 경력의 정점은 남편이었다. 미모의 젊은 영문학 박사와 유능한 판사의 결혼은 일상에서 최고의 가십거리일 수밖에 없었다. 결혼 결정은 남편보다 내가 더 서둘렀다. 내 동생이 결혼 전에 또 한마디 잔소리를 했다. 잘 생각해서 결혼해. 혼자만 좋다고 결정하지 말고, 형부 될 사람이 불쌍해 보여. 불독 같은 여동생 얼굴에서 모처럼 불안한 기색이 보였다. 나는 여동생 표정에 개의치 않았다. 내 몸속에서 흐르는 뜨거운 핏물만 느꼈다.

2

　엄마, 철이가 오후에 집에 온대. 딸애 목소리가 경쾌하게 거실에서 들린다. 진공청소기가 거실에서 울린다. 조심스레 거실로 걸어간다. 딸애가 콧노래를 부르며 거실을 청소한다. 딸애 오전 일과 중 하나다. 올해는 벚꽃이 더욱 화사하게 필 것 같다. 어제 낮, 딸애 몰래 궁금해서 살짝 이중 창문을 열었다. 마치 마술 부리듯 꽃망울들이 나뭇가지에 촘촘하게 매달려 있었다. 남풍인 듯 바람은 따사로웠다. 코끝에 간질거리는 바람결이 꽃망울 쪽으로 흘러갔다. 내 온기마저 바람 따라 꽃망울에 품어지는 듯했다. 꽃망울이 수줍게 팔딱팔딱 뛰는 소리가 바람결에 들리는 듯했다. 가슴 위 수술 자국이 꽃망울처럼 팔딱팔딱 뛰고 있었다. 가슴을 살짝 오른손가락으로 만졌다. 실핏줄이 새봄 꽃망울처럼 새롭게 생겨났다. 눈시울이 뜨거워졌다. 봄바람이 핏속으로 스며들었다. 파르르 눈가 실핏줄이 떨렸다. 봄바람 속으로 눈물이 뜨겁게 솟아났다. 울 수 있다니! 나뭇가지 꽃망울이 더욱 팔딱거렸다. 오늘 아침 창문 밖은 요란했다. 노래가 절로 나왔다. 이선희가 부른 「아름다운 강산」의 가사가 잊히지 않았다. 마음은 점점 외손녀를 닮아가는 것 같다. 울컥 가슴부터 뜨겁게 눈물이 솟아났다. 꽃망울이 팔딱거리며 피어나는 소리에 새벽잠을 깼다. 딸애가 일어나기 전까지 창밖에서 꽃망울이 요란하게 피어나는 화려한 풍경을 찬찬히 지켜봤다. 이삼 일 사이 깜짝 놀랄 정도로 꽃망울 피어나는 소리가 요란하다. 꽃망울이 힘차게 피어나듯이 내 몸속 핏물들이 힘차게 흘렀다.

철이네는 점심을 어떻게 할 거야? 다용도실에서 빨래 걷는 딸에게 물었다. 또 쓸데없는 걱정을. 걔네들이 알아서 하라고 하구려. 딸애가 내 걱정에 눈을 흘기며 답했다. 표정과는 다르게 말투는 부드럽다. 창문 열지 말고 바깥 벚꽃 풍경이나 보구려. 거실 창가로 가서 피고 있는 벚꽃을 찬찬히 본다. 아침보다 더 활짝 핀 듯하다. 벚꽃들이 햇살에 영롱하게 빛난다. 작년에 벚꽃을 보지 못해서 그런지 올해는 유달리 아름답게 보인다. 가슴이 두근두근 뛴다. 올해 벚꽃을 보지 못할까 걱정했다. 하지만 자연스레 걱정이 사라진다. 벚꽃은 삼 년 전 남편이 등산 중 추락사한 후 쳐다보기도 싫었다. 벚꽃이 만개하던 4월 첫번째 일요일이었다. 남편은 집 근처 산으로 벚꽃 구경한다며 등산 갔다가 추락사했다. 입고 있던 등산복에 벚꽃 잎이 군데군데 붙어 있었다. 남편과 졸혼한 듯 살았지만 주검 위의 벚꽃 잎은 저주스러웠다. 나뭇가지에 언제나 벚꽃은 피었다. 봄바람에 홀린 듯 피었다. 봄바람은 때가 되면 불었다. 나만 봄바람을 몰랐고, 벚꽃을 무심하게 여겼다.

의자에 편하게 앉아 창밖 벚꽃에 홀려 있는 동안 딸애가 허브 차를 가져온다. 올해 벚꽃이 유난히 예쁘다 참! 딸애가 웃으며 내 옆에 앉는다. 딸애 웃음이 벚꽃만큼 환하고 예쁘다. 남편이 사망한 후 딸애는 엄마가 결국 아버지를 죽였다고 나를 원망하며 내 아파트에 발걸음을 끊었다. 간혹 전화로 안부만 묻곤 했다. 유난히 남편과 다정했던 딸이었다. 딸이 신혼여행을 다녀온 후 나에게 간곡하게 부탁했다. 제발 아버지를 놓아주라고. 나는 쌀쌀맞게 거절하며 딸에게 화를 냈다. 너나 잘 살라고. 모르면 부모 일에 끼어들지 말라고. 딸애는 남편이 죽기 전날 홀로 술을 마신 것을 알았다. 딸은 아버지가 아직 취기가 남아 있어서 등산 중 실족해서 사망한 것으로 굳게 믿었다. 왜 아버지를 알코올중독자로 만들었냐고. 왜 가뒀냐고. 남편 서재 구석구석에 소주병이 숨겨져 있었다. 내 잘못은 없었다고 한마디로 냉정하게 딸애에게 말했다. 남편 장례식 이후 딸애는 나를 예전처럼 대하지 않았다. 간혹 만날 때마다 그냥 남인 양 대했다. 병원에서 퇴원 후 딸애는 사위가 일 년 간 미국에 파견 근무 갔다며 내 병간호를 자청했다. 아예 내 아파트로 옷 짐을 옮겼다. 딸애는 말없이 잔잔하게 나를 간병했다. 딸애의 모습이 새삼 눈에 보였다. 남편을 많이 닮았다. 왜 전엔 느끼지 못했을까? 외손녀 재롱도 침대 위에서 위로가 됐다. 수술로 아픈 가슴 안으로 딸과 외손녀는 따뜻하게 다가왔다. 그동안 친정집에 들르지 않은 미안함이 딸애 얼굴에 보였다. 울컥 아픈 가슴에서 눈물이 솟구쳤다. 가을 낙엽이 떨어지는 창밖을 보며 한없이 울고 있을 때, 딸애는 내 손을 꼭 잡았다. 지금부터 잘 지내보자고. 나에게 야단만 맞던 딸애가 아니었다. 남편과의 다툼을 옆에서 가장 많이 봤던 딸이었다. 딸애의 사춘기는 힘들었다. 나의 기대치에 미치지 못했다. 내 질타에는 언제나 누구의 딸이라는 것을 잊지 말라는 말이 크게 담겨 있었다. 누구의 딸이라는 말은 딸에게 낙인으로 남았다. 딸은 자기가 하고 싶은 그림이나 그리며 여느 소녀처럼 지내고 싶어 했다. 집 안에서나 밖에서나 누구의 딸이라는 낙인은 멍에였다. 말이 없어졌고 스스로 외톨이가 됐다. 그저 엄마 눈치만 보면서 사춘기를 보냈다. 아버지가 딸에게 그림 그리는 도구를 몰래 사다줬다. 바쁜 와중에도 딸에게 위로의 편지나 문자를 보냈다. 엄마만 딸을 이해할 수 없었다. 왜, 무엇이 부족해서. '누구의 딸'로서 당당하게 살아가야지. 엄마만큼 할 수 있는데…… 왜 평범하게 자라려고 하지? 이해할 수 없는 생각은 핏물을 썩게 했다. 자연스레 딸은 아버지 곁에 머물면서 얘기를 많이 나눴다. 엄마의 강요로 어쩔 수 없이 영문학을 전공했지만 그림만은 손에서 놓지 않았다. 딸애는 집에 머무는 시간이 많았다. 엄마를 보는 시간보다 아버지와 함께 있는 시간이 많았다. 엄마와의 대화는 어쩔 수 없다는 듯 짧게 나눴다. 나는 두 사람이 잘 노는구나, 코웃음 치며 지나쳤다. 내가 남편과 다툰 후 딸은 꼭 아버지에게 커피와 과일, 맥주 한 병을 가져다줬다. 아버지의 죽음은 딸에게 한쪽 가슴을 잃어버린 절망이었다.

가슴 두근거리며 아들 부부를 기다리는데 점심때를 맞춰 현관에서 벨이 울렸다. 요즘은 바쁜 중에도 자주 오는 편인데도 아들 부부의 방문이 기다려진다. 더구나 며느리가 보고 싶어진다. 어머, 어머니 벚꽃 구경하고 계시네요. 오늘부터 활짝 피기 시작했어요. 너무 예쁘죠. 며느리는 현관에 들어서면서부터 밝게 딸에외 말을 나눈다. 며느리 말소리에 가슴이 뛴다. 며느리와 아들 얼굴에 웃음이 환하게 퍼져 있다. 며느리가 스스럼없이 내 뒤에서 백허그를 한다. 따뜻하게 느껴지는 며느리 볼이 내 귀를 간질거린다. 잘 지내셨어요? 다정한 마음이 듬뿍 담겨 있다. 내 귓불 실핏줄이 뜨겁게 뛴다. 피가 맑아진다. 며느리 눈가에 웃음이 실핏줄 따라 퍼져 있다. 보이지 않았던 며느리 웃음이 눈에 뚜렷이 보인다. 이전엔 왜 보이지 않았을까? 어리석은 의문이 순간 스쳐간다. 아들 볼이 발그스레하게 피어난다. 희멀겋게 창백했던 아들 얼굴에 벚꽃 같은 웃음이 가득하다. 어릴 적 아들 얼굴이 다시 살아났다. 어릴 적엔 너무 예뻤어. 즐거운 기억이 되새겨지며 가슴이 울컥해진다. 웃음 가득한 눈가로 물기가 촉촉이 스며든다. 눈에 피가 맑게 흐른다. 부엌 쪽에서 시누이와 올케가 나누는 수다가 웃음 속에서 피어난다. 그렇게 즐거울까? 창밖 벚꽃이 봄 햇살에 환하게 피어난다. 나도 창밖 벚꽃을 보면서 부얼 쪽 웃음을 들으며 웃기도 하고 울기도 한다. 얼굴에 뛰는 실핏줄 따라 웃음과 울음이 같이 리듬을 탄다. 왜 그때는 며느리가 밉기만 했지? 며느리가 내 피를 썩힌다고 여겼다.

어머니가 참석하든 안 하든 저희는 이번 크리스마스이브에 결혼식을 올릴 겁니다. 핸드폰에서 들리는 철이 목소리는 마치 저승사자 같았다. 왼쪽 가슴에 갑자기 흉통이 내리쳤다. 가슴이 조여왔다. 통증이 어깨 쪽으로 퍼지며 숨을 쉴 수 없었다. 식은땀이 순식간에 얼굴과 속옷을 적셨다. 피가 썩었다는 것을 그때 조금 느꼈다. 그러나 두려움보다는 화가 솟구쳐 몸을 가눌 수 없었다. 어두워지는 학장실 의자에 가슴을 움켜쥐고 앉았다. 머릿속에 아들과 며느리에 대한 원망이 통증보다 더 심하게 휘몰아쳤다. 차기 총장 선거에 나가기 위해 바쁘게 준비하는 중이었다. 대학교 최초의 여성 총장으로 선출된다면 나의 경력에 최고 정점이 될 것이다. 결국 효자 아들을 빼앗아가? 감히 우리 집안과 연을 맺겠다고? 내 며느리가 되려면 갖추어야 할 자격이 있었다. 결혼을 도저히 허락할 수 없었다. 교사 집안에서 자란 약사 자격증만으로는 우리 집안의 며느리가 될 수 없었다. 결혼 전 보름 동안 며느리는 내 연구실에 출근하다시피 했다. 하지만 나는 단 한 번도 만나주지 않았다. 큰아들의 결혼식에 참석하지 않았다. 딸과 둘째아들의 전화는 계속 왔다. 하지만 마음속에서 솟아나는 불화는 쉽게 잠잠해지지 않았다. 울화로 어깻쭉지와 목등뼈 쪽 근육들이 뻣뻣해져 고개를 돌릴 때마다 아팠다. 손발이 차가웠다. 피부는 거칠어지고, 얼굴 군데군데 검버섯이 생겼다. 피가 썩고 있는 것을 몰랐다. 온통 며느리 될 여자가 괘씸하다는 생각뿐이었다. 숨이 거칠어지는 것도 몰랐다. 쉽게 숨이 찼다. 괘씸하게 생각할수록 가슴이 터질 듯 답답했다. 아버지와 준이를 힘들게 하더니, 이제는 철이마저 힘들게 하냐고 딸애가 전화로 따졌다. 그런 딸애 목소리는 냉랭했다. 딸애 목소리조차 울화를 일으켰다. 어깨가 심하게 아프고 숨이 꽉 막혔다. 눈언저리와 손끝이 파르르 떨렸다. 실핏줄부터 막히고 있었다. 하지만 나는 미처 알지 못했다. 철이는 내 말을 잘 들었어. 이 어미를 기쁘게 했지. 그 생각만 머릿속에 맴돌았다. 불면증이 하루하루 쌓여갔다. 핏줄에도 불면증으로 인한 후유증이 생겼다. 근육은 쌓여가는 피로감으로 점점 굳어졌다. 화려하게 몸을 치장해도, 온몸에 향수를 뿌려도 내 몸속에서 썩는 냄새가 스멀스멀 나기 시작했다. 내 몸이 이렇게 되는 것은 갱년기라 그런 거야. 나이 탓이라고 스스로 위로했다. 하지만 어리석은 위로였다.

작년 3월 날씨는 일교차가 심했다. 바람은 온갖 심술을 부리며 도시를 내리쳤다. 아침 바람은 차가웠지만 낮 바람은 후덥지근했다. 일교차는 15도가 넘었다. 하루 종일 바람이 부리는 심술에 사람들은 어찌할 바를 몰랐다. 가뜩이나 마음이 안 좋은데 날씨까지 나를 괴롭혔다. 며느리에 대한 미움이 점점 깊게 쌓여갔다. 미움이 핏물 속으로 침투했다. 미움이 핏물을 썩게 하는 줄 그땐 몰랐다. 미움으로 머릿속이 터질 지경이라 온몸이 굳어지는 것도 몰랐다. 학기 초 총장 후보자로 등록했다. 후보 등록 후 주위 친구들이나 동료 교수들이 후보 등록을 취하하라고 충고했다. 하지만 그들의 충고는 귀에 들어오지 않았다. 오히려 불쾌하다는 생각까지 들었다. 3월 둘째 주 금요일 아침 기온은 0도, 낮 최고 기온은 16도. 쌩쌩 차게 부는 바람 따라 앙상한 나뭇가지들은 휘청거렸다. 오후 다섯시였다. 며느리에게서 전화가 왔다. 찾아뵙고 싶다며 애절하고 공손하게 말했다. 하지만 필요 없다며 냉정하게 거절했다. 나쁜 년, 괘씸한 년. 미움에 온몸이 떨렸다. 확 솟구치는 울화를 참을 수 없었다. 창문을 열었다. 저녁으로 치닫는 바람은 갑자기 차갑게 불었다. 나를 매몰차게 몰아붙였다. 냉기가 나를 덮쳤다. 온몸이 오싹했다. 몸서리 칠 틈도 없이 갑자기 흉통이 생겼다. 목이 뻣뻣해지며 숨이 막혔다. 어질어질해지며 속이 울렁거렸다. 머리가 텅 비는 듯했다. 흉통은 빠르게 어깨 쪽으로 퍼졌고, 속이 매스꺼워졌다. 눈앞이 마냥 흔들거렸다. 헉헉, 숨을 제대로 쉴 수 없었다. 몸이 지탱할 수 없을 정도로 흔들렸다. 비틀거리며 핸드폰이 있는 책상 쪽으로 오다가 쾅 쓰러졌다. 순간 머릿속이 깜깜해졌다. 무한의 시간이 시작됐다. 무한의 시간이 몇 초인지, 몇 분인지, 몇 시간인지 알 수 없었다. 어렴풋이 가슴에 심한 압박감을 느꼈다. 앗, 깨어납니다. 그래도 골든타임을 안 넘겼네요. 웅성웅성 바쁘게 떠드는 소리들이 들렸다. 학장님, 괜찮으세요? 장 조교가 내 몸을 흔들었다. 앰뷸런스 안이었다. 내가 응급환자가 됐구나. 나만 몰랐던 심근경색이었다.

마취가 풀릴 즈음, 눈두덩에 빛이 간질거리는 것을 느꼈다. 처음 느껴지는 듯 빛은 새로웠다. 눈을 뜨지 않으면 안 될 것처럼 빛이 강하게 간질거렸다. 귓속으로 소리들이 들어왔다. 웅성거리는 말소리들. 무언가 움직이는 소리들. 처음 느껴지는 감각들이었다. 눈두덩 실핏줄들이 팔딱거리는 게 느껴졌다. 빛이 더욱 세게 간질거렸다. 오른손에서 따뜻함을 느꼈다. 누군가가 내 손을 꼭 잡고 있다는 것을 느꼈다. 누군가의 손에서 핏줄이 뜨겁게 팔딱거렸으며 그 뜨거움이 내 손으로 전해졌다. 잔잔하게 흐느끼는 소리가 귓속으로 스며들었다. 간지러움에 눈을 떠야 했다. 눈을 떴을 때, 빛이 눈을 아플 정도로 찔렀다. 눈이 부셔서 제대로 눈을 뜰 수 없었다. 새롭게 태어난 기분이었다. 빛도 새롭게 느껴졌다. 소리들도 새롭게 들렸다. 따뜻함도 처음 느껴졌다. 따뜻함에서 핏줄이 팔딱거리는 소리를 들었다. 누군가의 말이 들렸다. 어머니가 눈을 뜨셨어. 세상에서 처음 듣는 말소리 같았다. 말소리에 따뜻함이 있었다. 반가움도 말소리에 섞여 있었다. 눈이 부셔서 눈을 깜빡거리는 사이로 어렴풋이 며느리의 얼굴이 보였다. 새롭게 눈을 떠서 처음 보는 사람 얼굴이었다. 며느리 얼굴이 천사처럼 눈부셨다. 며느리 눈가에 눈물 자국이 있었다. 걱정스러웠던 눈물이었다. 기뻐하는 눈물과 웃음이 눈가에 함께 퍼졌다. 이렇게 다정하게 웃고 있구나. 처음 느껴지는 머릿속 감각이었다. 가슴속에서 새롭게 핏물이 흐르는 것을 느꼈다. 나도 모르게 고맙다는 말이 힘없이 흘러나왔다. 어머니 이제 걱정 마세요. 딸애와 아들이 우르르 내 곁으로 다가왔다. 다른 식구들은 눈에 들어오지 않았다. 며느리 얼굴만이 내 눈 속으로 들어왔다. 뜨겁게 들어왔다. 며느리가 마음속으로 반갑게 찾아왔다. 반가움에 가슴이 두근거렸다. 두근거리는 것을 처음 느꼈다. 새롭게 눈뜬 세상에서 나는 부끄러웠다. 피가 맑아지는 것을 느꼈다.

입원하고 있던 중, 며느리가 거의 매일 약국에서 퇴근길에 출근하다시피 들렀다. 오지 말라고 했지만 웃으며 "그냥 오고 싶어요"라고 한마디만 던졌다. 며느리가 오는 시간이면 나도 모르게 가슴이 두근거렸다. 왜 예전에는 두근거리지 않았지? 의문은 단순했지만 나에게 크게 느껴졌다. 지난날 일들은 쉽게 풀렸다. 예전엔 모든 사람들이 하찮게 보였다. 그래서 그들에게서 두근거림은 느낄 수 없었다. 내 안에서 모든 것이 해결됐다. 목을 뻣뻣하게 세우고 얼굴에는 나만의 화장을 짙게 발랐다. 하루하루 며느리의 얼굴에서 웃음이 보였다.

며느리가 말하는 모습에서 다정함이 느껴졌다. 며느리가 나를 걱정하고 있네. 빨리 회복하길 바라네. 예전에는 며느리가 걱정하지 않았나? 몰랐다. 알고 싶지 않았다. 하지만 알게 됐다. 단순한데. 왜 생각할 수 없었을까? 왜 며느리 마음을 느끼지 못했을까? 가슴이 두근거리며 피가 힘차게 머릿속 깊숙이 흐르는 소리가 들렸다. 예전에는 들을 수 없었다. 주말이면 큰아들이 며느리와 함께 병실에 들렀다. 큰아들은 판사로 발령 받아 첫 근무지인 대진 지방법원에서 바쁘게 근무 중이었다. 얼굴에 피로한 기색이 역력했지만 며느리처럼 기쁘게 웃음 지었다. 예전처럼 효자로 돌아온 모습이었다. 며느리와 함께 행복하게 웃었다. 나를 걱정하면서. 큰아들도 보였다. 그동안 보이지 않던 큰아들이 웃는 얼굴에서 보였다. 아들은 며느리를 많이 사랑하는구나. 그리고 나도 많이 사랑하고 있구나. 근데 나는 왜 그런 모습을 볼 수 없었지? 스스로 부끄러웠다. 그들의 사랑을 느끼자 머릿속 깊숙한 뇌세포에서 핏물이 맑게 흘렀다. 큰아들 얼굴이 뽀얗게 피어났다. 핏물이 맑게 흐르고 있다. 아들 웃음 속에서 핏물이 맑게 흐르는 것이 보였다. 결혼 전에는 핏물이 썩어가면서 얼굴이 시커멓게 변했다. 아들 얼굴이 시커멓게 변할수록 나는 며느리 탓만 했다. 못된 년, 내 아들 얼굴을 저렇게 만들다니. 머릿속 핏줄들이 굳어졌다. 울화로 핏줄들이 뻣뻣해졌다. 숨조차 씩씩거렸다. 핏줄이 굳어지면서 식욕이 쓸데없이 솟구쳤다. 거의 매일 폭식했다. 소화되지 않는 음식들만 배 속으로 쑤셔 넣었다. 그리고 스트레스 호르몬은 거의 매일 몸속에서 넘쳐흘렀다. 주위에서는 여전히 총장 선거에서 사퇴하라고 아우성이었다. 그것조차 스트레스였다. 쓸데없는 스트레스가 몸속에 쌓여갔다. 나는 스트레스가 쌓이는 것을 몰랐다. 예전처럼 마냥 도도하게 걸으면서 우아한 표정을 지어야 했다. 스트레스 호르몬으로 식욕은 쓸데없이 커져갔다. 쓰레기 같은 음식들을 허겁지겁 먹었다. 남에게 들키지 않게. 하지만 주위에서 수군거렸다. 이상해졌어. 요즘 학장이 음식을 게걸스럽게 먹어. 걸음걸이도, 말투도 둔해지고 있어. 웃음이 없어진 지는 오래됐다. 큰아들과 며느리에 대한 미움만 커져갔다. 그리고 총장 후보에서 사퇴하라는 소리도 커져갔다. 그러나 미움도, 사퇴하라는 소리도 머릿속에서 깨닫지 못했다. 점점 피는 심하게 썩어갔다. 몸 구석구석에서 썩는 냄새가 풍겼지만 나만 느끼지 못했다.

3

오늘 월차 냈어요. 철이 목소리가 부드럽다. 며느리가 부엌에서 점심을 준비하는 모양이다. 어머니가 좋아하는 해물칼국수를 만들게요. 딸애와 며느리가 다정하게 움직인다. 큰아들이 요즘 자기 생활을 즐겁게 얘기한다. 편하게 보인다. 사랑스럽게 보인다. 집 안이 훈훈하다. 따스한 입김이 아들 입에서 퍼진다. 가슴이 또 두근거린다. 아들 눈길에서 옥시토신이 풍긴다. 요즘 점점 느껴지는 옥시토신이다. 옥시토신이 달콤하고, 포근하고, 따뜻하게 느껴진다. 엄마 얼굴이 예전처럼 예뻐졌어. 어릴 적에 친구들이 엄마 얼굴 예쁘다고 얼마나 부러워했는데. 묵직한 아들 입에서 뜻하지 않게 달콤한 고백이 쏟아진다. 달콤하지만 약간 쑥스럽게 느껴진다. 그런데 오늘따라 아들이 용감하게 말한다. 딸애가 부엌에서 크게 웃으며 맞장구친다. 맞아. 요즘 엄마 얼굴이 너무 예뻐졌어, 예전처럼. 부끄러워 고개를 돌렸다. 예전에는 부끄럽게 느끼지 못했다. 오히려 당당했다. 당당해서 웃음이 생기지 않았다. 부끄러워지면서 웃음이 묘하게 입가에 피어났다. 애들이 나를 예전에 많이 사랑했구나. 웃음이 심장 속으로 스며들며 두근거림이 커졌다. 남편이 함께 있으면 더 좋았을걸. 예쁜 며느리도 볼 수 있고. 아련하게 남편의 잔영이 거실에 어른거린다. 가슴이 촉촉하게 젖어든다. 남편에 대한 아집이나 미움은 사라졌다. 오히려 미안하고 부끄러워진다. 눈가에 물기가 애틋하게 퍼진다. 저절로 가슴에서 눈물이 솟구쳤다. 내가 너무했어. 딸애는 아버지를 믿었다. 아버지는 결코 첫사랑 아줌마를 다시 사랑하지 않아. 제발 아빠 마음을 믿어주세요. 처지가 너무 딱하니까. 옛 친구 도와주듯 좀 도와준 것뿐이야. 엄마는 안 그렇겠어? 엄마 옛 친구가 몸도 아프고 형편이 딱하면 엄마는 안 도와줄 거야? 대학생이 됐다고 딸애는 큰소리로 아빠를 변호했다. 딸애가 아빠를 변호하는 말조차 듣고 싶지 않았고 듣기 싫었다. 나를 거부하는 딸이 보기 싫었다. 그때 내가 웃었다면 남편은 알코올중독자가 됐을까? 그때 웃음을 갖지 못했던 후회가 눈물과 함께 흘러내린다. 갑자기 현관 벨소리가 요란하게 들린다. 딸애가 현관으로 가서 문 여는 소리가 들린다. 이야! 맛있는 냄새! 잘 왔구나. 조카는 잘 있었어? 익숙한 목소리다. 막내 이모 어서 와요. 칼국수가 다 돼가. 왜 막내 여동생이 방문했지? 간혹 찾아오지만 꼭 전화부터 하고 오는데? 언제 봐도 막냇동생 얼굴에 편한 웃음이 보인다. 서로 반갑게 인사하는 소리가 부엌 쪽에서 들린다. 잘 있었수? 요즘 언니 얼굴에 웃음이 떠나질 않네? 점심 함께 먹고 형부에게 가보자 했지. 늘어진 팔자라 왔어. 큰아들이 급하게 내 곁에 와서 웃으며 말했다. 엄마를 깜짝 놀라게 하려고 말씀 안 드렸어요. 제가 다음 주부터 재판 때문에 너무 바쁠 것 같아요. 아버지 추도일이 일주일 남았지만, 오늘 추모관에 함께 가보려구요. 나도 다음 주는 시댁 식구와 일본 다녀와야 해. 딸애가 거든다. 가슴이 부끄럽게 팔딱거린다. 남편이 죽은 후 처음 가족이 함께 추모관에 간다. 준이만 빠지냐? 막내 여동생이 물어본다. 잠시 거실에 침묵이 흐른다. 언제 같이 가겠죠. 지금은 프랑스에 있으니까. 큰아들이 나를 보며 천천히 말한다. 둘째아들이 보고 싶다. 고집스럽게 프랑스로 떠난 지 삼 년째다. 미술을 더 공부하고 싶다고. 딸애가 못 이룬 꿈을 막내아들이 고집스럽게 행했다. 의사를 만들고 싶었다. 내 욕심대로 의사가 될 수 있었다. 겨우 윽박지르며 의학 전문 대학원을 보냈건만, 스스로 중퇴했다. 그러곤 내가 알아차릴 새도 없이 몰래 미술대학으로 편입했다. 싱글거리며 제멋대로 그림 도구들을 집 안에 들여놨다. 막내아들놈만 내 눈치를 보지 않았다. 나와 많이 닮은 아들이었다. 제멋대로 행동하는 막내아들도 나에게 스트레스였다. 화가 솟구쳤지만 어쩔 수 없었다. 아들은 나를 향해 당당하게 소리쳤다. 엄마가 멋대로 살아가듯 나도 내 멋대로 살아갈 테니, 간섭하지 마! 나의 행동을 보는 듯했다.

막내 여동생이 창밖 공원 풍경을 보면서 말한다. 창밖에 벚꽃이 화사하게 피었는데, 이 집안에도 벚꽃 같은 웃음이 활짝 피었네. 모처럼 함께 식사하는 점심은 화기애애하다. 큰딸이 툭 던지는 한마디가 가슴을 콕 찌른다. 아버지도 준이도 해물칼국수를 좋아했는데…… 울컥하는 심정에 해물칼국수가 목에 걸린다. 요즘 언니가 자주 우네. 눈물 한 방울 보이지 않았는데…… 딸애가 후식으로 레몬과 사과를 거실 테이블에 내놨다. 맛나게 사과를 먹는 나를 보고 막내 여동생이 더욱 놀란다. 심근경색 후 사람이 달라졌어. 깜짝 놀랄 모습만 보이네. 지난날엔 과일을 먹지 않았다. 예전엔 왜 과일 맛을 느끼지 못했을까? 식성이었을까? 과일 맛으로 스트레스를 풀 수 없었다. 게걸스럽게 고기를 먹어야만 했다. 씩씩거리면서 꽉 꽉 씹어야만 스트레스가 풀리는 듯했다. 또 막내 여동생이 한마디 툭 던진다. 심근경색 후 콤플렉스를 많이 느끼는 모양이군. 변해야 한다고. 예전 모습이나 습관들을 버리는 것을 보니. 예전 일들이 많이 부끄러운 모양이야. 깔깔 고소하다는 듯이 웃는다. 그 웃음조차 이제는 마음을 편하게 하고 뜨겁게 한다. 사과나 레몬이 입안에서 싱그럽게 녹는다. 이제야 보일 뿐이다. 딸애가, 아들과 며느리가 그리고 막내 여동생이 찬찬히 보인다. 그들의 말들이 귓속으로 또렷하게 스며든다. 언니는 콤플렉스를 가질 틈이 없었지. 남들보다 월등히 잘났으니까. 그래서 남들이 보이지 않았어. 항상 언니 자신만이 보일 뿐이었지. 나는 언니를 보며 늘 우울했어. 나는 왜 언니처럼 우성 유전자를 가지지 못했을까? 남들을 둘러봤지. 남들은 어떨까? 남들도 나처럼 콤플렉스도 느끼며 그냥 평범하게 살더라고. 나도 남들과 어울리며 평범하게 살아왔지. 조심스럽게 자신을 가꾸면서. 내 피가 썩어가는지 돌보면서! 여동생 말에 저절로 고개가 숙여진다. 오늘따라 동생 말이 가슴에 쏙쏙 들어온다. 가슴이 부끄럽게 움츠러들면서. 사과는 더욱 맛나게 씹힌다. 며느리 웃음이 내 마음속에 벚꽃처럼 새겨진다. 며느리가 따스하게 보인다. 며느리에게 사과 한 조각을 건넨다. 큰아들이 크게 웃는다. 며느리가 수줍은 듯 사과를 받아

먹는다. 억지로 주지 말아요. 큰딸애가 또 잔소리한다. 그 잔소리조차 듣기 좋다.

4

벚꽃은 활짝 폈지만 봄바람은 아직 쌀쌀하다. 하지만 모처럼 가족과의 나들이가 설렌다. 십 년쯤 된 깃 같다. 이런 나들이가. 딸애도, 큰아들 부부도, 넉살 좋은 여동생까지 설레는 듯하다. 겨울 복장으로 무장하고 조심스레 아파트 마당을 거닌다. 마스크 사이로 쌀쌀하게 공기가 스며든다. 두렵지 않다. 웃음이 넘쳐서 관상동맥이 충분히 찬 공기를 이겨낼 수 있을 것 같다. 맑은 핏물이 관상동맥을 따라 힘차게 흐른다. R 공원묘지로 달리는 길 따라 벚꽃이 터널을 이룬다. 꽃길을 즐겁게 달린다. 서너 번 왔었지만 심장이 팔딱팔딱 뛰기는 처음이다. 그립다. 보고 싶다. 울컥 눈시울이 뜨거워진다. 온 식구가 꽃 나들이를 갔으면 얼마나 좋았을까? 차 안에는 벚꽃만큼 화사하게 식구들이 수다를 떤다. 예전엔 왜 남편이 보이지 않았을까? 남편은 자주 눈물을 흘리며 나에게 애원했다. 당신 피가 썩고 있어. 나도 덩달아 피가 썩고 있어. 서로를 자세히 보면서 함께 피를 맑게 하자고. 남편의 눈물은 보이지 않았다. 오히려 남편의 눈물이 나를 더욱 도도하게 만들었다.

남편이 가소로워 보였다. 용서할 수 없다는 자존심으로 내 몸이 굳어졌다. 그때부터 피가 점점 썩어가는 줄 몰랐다. 차 안에서 여동생이 자식들에게 나에 대한 험담을 웃으면서 털어놓는다. 자식들이 웃으면서 듣는다. 나도 고개 숙이고 들으면서 가끔 웃음이 나온다. 내가 그랬나?

　추모관 입구에 들어서자 눈에 익은 그림이 걸려 있다. 또 눈물이 흐른다. 며느리가 곁으로 와서 내 손을 꼭 잡으며 눈물을 닦아준다. 다정하게 웃으면서. 막내아들이 대한민국 미술대전에서 특선을 받은 그림이다. 봄날 가족 소풍을 추상화로 표현한 30호 그림이다. 가족들의 웃음과 벚꽃이 분홍색으로 푸른 하늘에 그려졌다. 아버지를 그리워하며 추모관에 기증했다. 그림이 보인다. 사랑이 듬뿍 담긴 그림이다. 가족들이 서로 웃으며 벚꽃 하늘로 날아오른다. 막내아들 마음이 그림에 담겨 있다. 납골함이 있는 곳으로 천천히 발길을 돌린다. 납골함 앞에 어렴풋이 검은 정장 차림의 두 남자가 서 있다. 서로 어깨동무를 하고 고개를 푹 숙이고 있다. 오후의 햇살에 실루엣이 정답게 흐느낀다. 큰아들이 곁으로 와서 말한다. 준이가 와 있네요. 깜짝 놀라고 가슴이 뛴다. 우리 일행이 다가가자 두 남자가 얼굴을 든다. 둘째아들이 의젓하게 서 있다. 두 남자 얼굴에 눈물 자국이 듬뿍 그려져 있다. 우리를 보자 둘째아들 얼굴에 웃음이 환하게 그려진다. 둘째아들이 나를 꼭 껴안는다. 뜨겁게 포옹한다. 둘째아들의 온몸에서 핏줄이 힘차게 뛰는 소리가 들린다. 핏물이 맑게 흐르는 소리도 들린다. 귓속으로 막내아들 목소리가 따스하게 스며든다. 보고 싶었어, 엄마. 여동생도 깜짝 놀란다. 준이가 왔네? 너희들은 알고 있었구나. 준이가 오는 것을. 딸애와 큰아들 부부가 비밀을 들킨 듯이 씩 웃는다. 둘째아들 옆에 서 있는 젊은이도 함께 웃는다. 깨끗하고 예쁘게 생긴 젊은이다. 참, 인사드려라 욱아. 나의 예쁜 엄마와 막내 이모, 이쪽은 내가 사랑하는 친구 욱이야. 함께 아버지 보러 왔어. 정중하게 다시 한 번 인사한다. 앞으로 가족같이 대해줘, 엄마. 나와 친구를 사랑스럽게 번갈아 쳐다보며 기쁘게 말한다. 막내아들과 친구 얼굴에 맑은 피가 사랑스럽게 흐른다. 여동생이 다시 한 번 놀란다. 너희들은 서로 다 알고 있는 사이구나. 그들은 서로 보며 낄낄 웃는다. 딸애, 큰아들 부부, 작은아들과 친구의 웃음이 행복하게 남편 앞에서 퍼진다. 작은아들과 친구가 내 눈 속으로 들어온다. 남편 자리를 작은아들 친구가 메우겠구나. 내 온몸에 웃음으로 가득 찬 맑은 피가 흐른다.

습진이 만든 병

일요일 목욕탕

　자네, 얌체라면서? 난 그렇게 안 봤는데…… 폭탄 같은 말이다. 임 사장이 일요일 아침 목욕탕 안에서 벌거벗은 채 들을 말은 아니다. 옷을 입은 채 면전에서 듣기에도 민망한 말을 임 사장은 벌거벗은 채 들었다. 몸 둘 바를 모르고 민망하다. 그렇지만 일요일 아침을 여유롭게 느끼고 싶어 깨자마자 목욕탕에 왔다. 샤워로 몸을 깨끗이 하고, 39도 온탕에 몸을 담갔다. 39도의 온수가 묵직했던 알몸을 사르르 녹인다. 어제 마셨던 술기운까지 뜨거운 물속으로 사라진다. 그때 윤 회장에게서 들은 말이다. 온탕에 윤 회장이 있는 줄은 몰랐다. 윤 회장은 온탕에서 느긋하게 몸을 녹이고 있었다. 얼굴이 발그레 땀에 젖어 있다. 임 사장은 깜짝 놀랐다. 폭탄 맞은 듯 열기가 확 솟구쳤다. 열기는 울화다. 온탕에 있을 수 없다. 울화로 얼굴이 찌그러질 듯하다. 윤 회장에게 찌그러진 얼굴을 들킬 수 없다. 바로 열탕으로 옮겼다. 43도 수온이 온몸을 감전된 것처럼 파드득 몸서리치게 한다. 43도의 뜨거운 물이 울화로 찌그러진 얼굴을 위장시켰다. 아주 뜨겁군요. 힐끗 윤 회장을 쳐다봤다. 임 사장을 보는 윤 회장 눈이 뱁새 같다. 어르신네, 일요일 아짐부터 저를 왜 놀리십니까. 선뜻 튀어나온 순발력이다. 오그라드는 가슴을 펴면서 아첨하듯 웃었다. 다시 한 번 윤 회장이 뱁새눈으로 거침없이 내뱉는다. 나는 그렇게 안 봤는데…… 주위에서 임 사장이 얌체라고 하더군. 또 다시 거침없이 말을 내뱉는다. 칠십대 중반의 연륜과 회장이라는 직위에서 나오는 말투다. 직원에게 업무 보듯이 묵직하게 말을 한다. 임 사장은 거침없이 내뱉는 윤 회장의 말투가 부러울 뿐이다. 윤 회장의 행동은 임 사장이 가슴에 품고 있는 야망이다. 윤 회장이 뱉은 말에 불쾌해할 수 없다. 얌체라 말해도 반갑다. 몇 달 동안 윤 회장 주위를 뱅뱅 맴돌았다. 거의 매일 욕탕에서 윤 회장 옆에 얼쩡거렸지만 모른 체할 뿐이었다. 윤 회장이 임 사장에게서 처음 생화학 반응을 일으켰다. 임 사장이 얌체라는 불쾌한 생화학 반응이다. 하지만 임 사장에게는 울화가 솟구치는 동시에 반갑다는 생화학 반응이 묘하게 일어났다. 순간 서로의 눈길과 얼굴 표정에서 생화학 반응이 일어났다. 살다보면 가끔 얌체 짓도 하게 되는 거 아닙니까? 입꼬리를 살짝 올려 웃으며 다시 순발력 있게 대꾸했다. 윤 회장의 뱁새눈이 살짝 풀어진다. 43도 뜨거운 물이 임 사장의 울화와 섞여 열탕을 휘감는다. 얌체가 되는 순간이다. 다시 온탕으로 옮겼다. 언제나 하듯이 꿀꺽 침을 삼키고 윤 회장에게 바싹 다가간다. 그러고는 얌체 짓을 시작한다. 마치 피에로처럼 온갖 얼굴 모양을 만든다. 하지만 마음은 39도 온수 안에서 차가워진다. 윤 회장은 뱁새눈만 풀렸을 뿐, 무덤덤하게 임 사장 말을 귀에 담을 뿐이다. 두서없이 여러 가지 이야기를 털어놓는다. 무슨 말을 하는지 스스로 인지하지 못한다. 웃으면서 말할 뿐이다. 몇 분 동안 윤 회장이 대꾸 없이 듣고 있다가 예의상 고개만 끄덕인다. 임 사장의 말이 채 끝나기도 전에 윤 회장이 불쑥 온탕을 나간다. 벌거벗은 채 얌체 짓을 끝냈다. 샤워기 아래 거울 앞에 임 사장이 섰다. 거울을 본다. 거울 속에 얌체는 없다. 그렇지만 얌체라는 말은 머릿속에 새겨졌다. 온몸이 부르르 떨린다. 어금니를 꽉 다물었다. 샤워기에서 냉수를 튼다. 정수리로 냉수가 쏟아진다. 다시 거울 속 얼굴을 찬찬히 본다. 얌체라는 말이 머릿속에서 또다시 빠르게 맴돌며 얼굴이 심하게 일그러진다. 울화가 다시 불끈 솟으며 온몸이 뻣뻣해졌다. 스트레스성 생화학 반응에 나만 망가져. 어리석은 짓이지. 윤 회장이 뱉은 말들을 되새겨본다. '그렇게 안 봤다'는 말이 재빠르게 얌체로 변신하는 생화학 반응을 일으켰다. 화난 얼굴이 풀어지며 웃음으로 번진다. 이번 쌍둥이 빌딩 매매건을 가로챌 수 있겠는데. 그렇게 안 봤단 말은 윤 회장이 처음엔 나에게 호감을 갖고 있었다는 뜻이지. 그러다 남의 말들 때문에 나를 얌체로 본 것이다. 앞으로 윤 회장에게 얌체 짓이 필요하다. 스스로 변명을 만들어 위로한다. 지금까지 그렇게 쉽게 변신하며 살아왔듯이 머릿속에서 얌체라는 말이 잽싸게 사라졌다. 샤워기에서 쏟아지는 물로 얼굴을 세게 문질렀다. 얌체 짓을 한 얼굴을 지워야 한다. 샤워를 끝내고 목욕탕을 둘러봤다. 다행히 임 사장을 얌체라고 생각하는 사람들은 없다. 오히려 얌체 같은 사람들이 보일 뿐이다. 얌체 짓을 씻어내려고 이태리타월로 문지르는 사람들이 군데군데 앉아 있다.

오 년 전에 이곳 K목욕탕으로 옮겼다. 이사하기 전에 다녔던 N목욕탕은 N동의 산 쪽에 사는 주민들이 많이 모여들었다. 산 쪽 사람들은 칙칙했다. 그들은 가진 것이 없어서 임 사장이 얌체 짓을 할 수 없었다. 산비탈마다 단독 주택과 오층 서민 아파트뿐이다. 재건축이나 리모델링을 해야 한다. 하지만 허름하게 살아가고 있다. N동의 바닷가 쪽은 고층 대단지 명품 아파트가 들어서 있다. 언제나 햇빛이 많이 비쳤다. 상쾌하고 훈훈한 바람이 먼저 불어왔다. 산 쪽 동네는 지형적으로 일조량이 적었다. 천혜의 풍광과 날씨를 가진 것도 운명이라 할 수 있다. 사람들은 와글와글 바닷가 쪽으로 모여들었다. 바닷가 쪽 고층 아파트에 사는 사람들은 어깨선과 얼굴색이 달랐다. K목욕탕에서 만나는 사람들은 벌거벗었어도 말투나 행동이 달랐다. 하지만 임 사장은 벌거벗어도 자신의 말투나 행동이 똑같을 줄 알았다. 임 사장이 오 년 전 바닷가 쪽 고층 아파트로 옮겨왔을 때, 아이들부터 달라졌다. 두 딸은 무엇이 그리 신나는지 이사 온 후부터 싱글벙글했다. 중학생인 큰딸은 옷 투정부터 먼저 했다. 초등학교 6학년인 둘째딸은 자주 신발 타령을 했다. 임 사장은 어깨선이 저절로 치켜올라가는 것을 느끼지 못했다. 이사하자마자 목욕탕부터 옮겼다. 허름한 N목욕탕은 금세 잊혔다. K목욕탕의 헬스클럽이나 휴게실, 수면실은 최신 시설로 이뤄졌다. 이사 후 아파트 매매 계약 일로 산 쪽 이웃을 만났을 때, 어깨가 치켜 올라가고 걸음걸이가 달라졌다는 말을 들었다. 바닷가 쪽 아파트에 사니 좋아? 응. 아내가 생활하기 편하다더군. 햇살이 하루 종일 단지를 비추고, 바람조차 훈훈해. 저절로 웃으면서 대답했다. 세상을 만든 하나님이 제일 먼저 사람 차별을 하는구나. 산 쪽 마을은 산그늘로 하루 종일 춥고 어두운데…… 산 쪽 이웃이 한숨을 쉬며 투덜거렸다. 임 사장도 같은 생각이 들었다. 명당자리는 하늘이 만드는 거야. 명당자리로 이사하게 돼서 기쁘군. 마치 복권에 당첨된 것처럼 말이야. 저절로 어깨를 치켜세우며 으스댔다.

이놈아! 에이취. 내가 사다준 습진 치료 연고제 발라라. 에이취, 에이취. 중학생 시절 봄철이면 듣는 아버지의 기침 소리와 잔소리였다. 벅벅벅 쉴 새 없이 손을 움직여야 했다. 가려움은 생지옥이었다. 아버지 잔소리도 소용없었다. 아버지가 사다 준 습진 치료제도 소용없었다. 밤새 허벅지며 등짝이며 사타구니 무릎 안쪽이나 허리를 쉴 새 없이 벅벅 긁었다. 매일 아침 세수하려고 손을 보면 마치 빨간 매니큐어를 바른 것처럼 손톱 깊숙이까지 핏덩어리가 묻어 있었다. 우리 집은 조용히 밤을 보낼 수 없었다. 15여 평 서민 임대아파트 안은 식구들이 몸에서 토해내는 여러 가지 신음들로 가득했다. 봄철의 아파트는 더욱 시끄러웠다. 아파트 단지가 중앙난방식 보일러 시스템이었다. 3월말까지 겨우 저녁 무렵 하루 한 차례 두어 시간 정도만 난방이 됐다. 4월부터는 에너지 절약 차원에서 난방을 중단했다. 아파트 관리비 중에 난방비 지출이 제법 많기 때문이었다. 난방 중단은 아파트 주민들의 자발적인 행동이었다. 하지만 아직 우중충하고 쌀쌀한 날씨에 아파트는 냉랭하기만 했다. 서민 임대아파트의 겨울은 비닐하우스로 변신하면서 시작됐다. 아버지는 10월 말이 되면 연례행사처럼 모든 창문을 비닐로 막았다. 방풍용 비닐이었다. 비닐은 5월 말이 되어서야 걷을 수 있었다. 온기는 그런대로 아파트 안에 남아 있었지만 아파트 안 공기는 바깥보다 탁했다. 집먼지진드기, 곰팡이 등 온갖 병원체들이 아파트 안을 가득 메웠다. 할머니는 추운 것 보다 낫다고 끙끙거리며 말했다. 식구 중 고등학생 누나만 빨질빨질 괜찮았다. 할머니는 대상 포진 때문에 밤낮으로 끙끙 앓았다. 아버지는 알레르기성 비염으로 기침을 따발총처럼 내뱉었다. 나는 습진 때문에 밤새 벅벅 긁었다. 초등학생인 남동생은 감기를 달고 다니며 콜록거렸다. 봄철 우리 집은 신음으로 가득 차서 편하게 잘 수 있는 날이 없었다. 아침이면 식구들이 부스스하게 일어나 충혈된 눈으로 문을 나서곤 했다. 누나만 몸단장 한다고 빨질거리며 수선을 떨었다. 몸에서 뱉어내는 신음이 누나에게만 없었다. 누나 입에서 쏟아져 나오는 말들은 아버지에 대한 원망뿐이었다. "나는 여자라 항상 예쁘게 살아야 해." 문간방을 차지하고 꼭꼭 문을 잠그고 다녔다. 안방에서 할머니, 아버지, 남동생이 우글거렸다. 이런 꼬라지에 엄마가 가출 안 할 수 있겠어? 팔 년 전 가출한 엄마를 원망하기보다는 편을 들었다. 아버지는 누나의 잔소리에 한마디도 대꾸하지 않았다. 할머니는 끙끙 앓으면서 집안일을 다 했다. 우찌 저렇게 지 애미를 꼭 닮았노? 나쁜 년. 할머니는 누나가 빨질거릴 때마다 혀를 차며 욕을 했다. 누나는 아침마다 온갖 핑계를 대며 아버지에게 손을 내밀었다. 오늘은 미장원에 가야 해. 책을 사야 해, 머리핀이 필요해, 피부과에 가야 해…… 누나가 핑계를 댈 때마다 아버지는 주섬주섬 주머니에서 만 원짜리 지폐를 꺼내줬다. 그러면 누나는 주저 없이 돈을 챙겼다. 누나는 우리의 아픈 소리에는 전혀 관심이 없었다. 가족이 맞는지 의심이 들었다. 동생이 감기 몸살로 아프다고 소리쳐도 누나는 이어폰을 끼고 노래 부르는 데만 정신이 팔렸다. 누나가 미웠다. 누나가 멀쩡하게 깔롱거릴 때, 나는 온몸이 가려워 쉴 새 없이 벅벅 긁기만 했다. 아프고, 따갑고, 쓰라렸다. 아픔은 지독했다. 살갗 속으로 파고드는 습진이 무서웠다. 습진은 점점 깊숙하고 넓게 살갗 속으로 파고들었다. 멈춰지지 않았나. 간절하게 멈춰지길 바라는 마음만 쓸데없이 커졌다. 간지러워 벅벅 긁는 손톱은 마치 흡혈귀 이빨 같았다. 벌겋게 물든 손톱을 깎을 수가 없었다. 저주스럽지만 손톱을 길러야 했다. 살갗 깊숙이 파고드는 습진을 손톱으로 파내고 싶었다. 하지만 습진을 파낼수록 살갗은 피범벅이 됐다. 너무 따갑고 쓰라려서 머리가 전자레인지 속에서 가열된 유리그릇처럼 깨질 것 같았다. 살갗이 파이면서 핏덩이가 퍼질 때마다 누나에 대한 원망, 미움, 저주가 자라났다. 벅벅 긁는 소리가 커질수록, 간지럽고 아파서 얼굴을 점점 더 찡그릴수록 빤질거리는 누나 얼굴을 할퀴고 싶었다. 나처럼 피를 흘려보라고 손톱을 몇 번씩이나 누나 얼굴 쪽으로 쑥 들이댔다. 저절로 생겨난 행동이었다. 누나는 깜짝 놀라며 나를 때렸다. 누나를 할퀴고 싶은 마음이 미움과 함께 점점 커졌다. 가끔 누나 방에 몰래 들어갔다. 좁지만 깨끗하고 훈훈했다. 집먼지진드기, 곰팡이, 나쁜 먼지가 없는 듯했다. 달콤한 향수 냄새가 코끝을 찔렀다. 그래서 누나는 우리처럼 아프지 않구나. 화가 솟구쳤다. 책상 위에는 단추 초콜릿이나 동네 빵집에서 사온 과자와 빵이 놓여 있었다. 너무나 먹고 싶었던 군것질거리였다. 화가 더 치밀어 오르고, 누나가 미웠다. 나는 서슴없이 과자나 껌, 초콜릿 등을 훔쳐서 남동생과 나눠 먹었다. 집에 돌아온 누나가 과자나 초콜릿이 없어진 것을 알고 화가 나 날뛸 때는 저절로 웃음이 나왔다. 그때마다 잠시 간지러움이 사라졌다. 나와 남동생은 안방 구석에서 서로 마주 보며 키득키득 웃었다. 그때는 동생도 기침을 하지 않았다. 누나 방에서 고함이 크게 들릴수록 우리는 더 크게 키득거렸다. 할머니는 끙끙 앓으면서도 누나에게 욕을 퍼부었다. 우라질 년. 지 에미를 꼭 닮았네. 동생들이 좀 먹었다는데 저리 못되게 날뛰어? 누나가 문을 잠가도 우리는 머리핀이나 가는 쇠 젓가락, 옷핀 등으로 문을 따고 들어갔다. 내 가려움이나 동생의 기침을 잠시라도 멈추고 싶었다. 누나가 울고불고 고함을 지를수록 우리의 몸은 잠시나마 조용해졌다.

중학교 3학년 때였다. 4월 날씨는 유난히 우중충하고 냉랭했다. 일교차도 심해서 하루에 사계절을 느껴야 했다. 할머니는 패혈증으로 일주일을 앓다가 세상을 떠났다. 아버지의 얼굴에는 눈물 자국이 깊게 패였다. 누나는 여전히 빤질거리며 우리에게 고함지르고 화를 냈다. 우리는 계절병처럼 계속 벅벅 긁고 기침을 했다. 누나는 할머니 대신 혼자서 남자 세 명을 감당할 수 없다는 것을 알았다. 누나는 고등학교 졸업식을 앞두고 가출했다. 어디서 무엇을 하는지 소식을 알 수 없었다. 누나가 가출한 후 아버지 얼굴에 눈물 자국이 더욱 깊게 패이고 한숨이 한없이 깊어졌다. 나와 남동생은 마냥 기뻤다. 누나 방을 차지할 수 있다는 기쁨이었다. 그 방에서 가려움이나 기침을 멈추고 싶었다. 누나가 떠난 방에 누우니 가려움이 저절로 사라지는 듯했다. 누나에 대한 미움이나 저주도 저절로 사라졌다. 누나가 돌아오지 않게 해달리고 동생과 함께 빌었다. 우리는 누나에 대해 한마디도 꺼내지 않았다. 십여 년 후 아버지가 세상을 떠났을 때 장례식장에서 누나를 만났다. 누나를 봤지만, 가렵거나 쓰리거나 아프지 않았다. 누나에 대한 몸의 생화학 반응은 생기지 않았다. 누나는 바쁘다는 핑계로 염을 하자마자 장례식장을 떠났다. 섭섭하지도 않았다. 이후로는 누나 소식을 들을 수 없었다. 가족이라는 기억은 습진이 재발할 때만 되살아났다. 쉽게 잊히는 것이 덤덤하게 여겨졌다.

월요일 목욕탕

임 사장, 얌체 짓 좀 하지 말라고. 월요일 아침부터 장 사장이 듣기 거북한 말을 내뱉는다. 열탕에 있는 사람들이 깜짝 놀란다. 월요일 아침 목욕탕을 난장판으로 만든다. 온탕에 들어

가려다 열탕에 몸을 담갔다. 열기 때문인지 임 사장 때문인지, 장 사장의 찡그린 얼굴이 벌겋게 달아올랐다. 월요일 아침부터 울화를 터지게 하는 말이다. 열탕에 있는 사람들이 후끈후끈한 눈길로 임 사장을 바라본다. 열탕의 열기 때문에 모두 얼굴이 벌겋게 달아올랐다. 온도계가 43도를 가리켰다. 열탕에서는 울화도 쉽게 들키지 않는다. 장 사장, 월요일 아침부터 왜 이렇게 날 놀리오? 벌거벗은 채 서로를 노려본다. 터지는 울화를 열탕 속으로 숨긴다. 벌거벗어도 얌체인지 네 꼬락서니를 보고 싶네. 장 사장이 서슴없이 내뱉는다. 열탕에 있는 사람들은 매일 아침마다 목욕탕에서 보는 이웃들이다. 장 사장은 벌거벗은 채 공격했다. 사람들은 벌거벗은 채 장 사장과 임 사장을 응시한다. 두 사람 월요일 아침부터 왜 다투고 그래? 말로는 말리면서도 아침부터 싸움 구경이 재미있다는 얼굴들이다. 그들 눈 속에 두 사람이 링 위의 권투 선수인 듯 비친다. 누가 더 얌체 짓을 드러내지 않는지 지켜본다. 내가 어떤 얌체 짓을 했는지 모르겠지만, 서로 벌거벗은 욕탕에서까지 그렇게 함부로 말하지 맙시다. 몸과 마음을 깨끗이 하려고 아침부터 목욕탕에 온 거 아뇨? 벌거벗은 몸에 얌체라고 표시라도 됐소? 벌거벗은 눈들이 열탕 안에서 흥미진진한 듯 번쩍거린다. 마음속 얌체를 들키지 않아야 한다. 다행히 목욕탕에 윤 회장이 보이지 않는다. 열탕에서는 얌체 짓을 교묘하게 숨길 수 있다. 임 사장은 온수를 틀었다. 열탕 온도가 45도까지 오른다. 온도를 올린다고 얌체 짓이 숨겨지나? 사람을 삶아 죽이려 하는 거야? 장 사장이 온수를 끄면서 투덜댔다. 몇 사람이 열탕에서 후다닥 빠져나간다. 구경거리가 아쉬운 듯 뒤돌아보면서 두 사람의 언생을 지켜본다.

얌체 짓은 어제 오전 임 사장의 아내가 저질렀다. 일요일인 어제 오전, 목욕탕에서 돌아오자 임 사장은 아내에게 말했다. 윤 회장 부인에게 전화하라고. 아내는 눈치 빠르게 "뭐라고 할까?" 물어봤다. 두 사람은 아파트 부녀회장과 회원 사이다. 목욕탕에서 만난 윤 회장 얼굴 표정에 대해 얘기했다. 아내 눈빛이 번쩍였다. 임 사장은 아내를 눈치 빠른 사업 동반자로 여겨왔다. 아내는 젊은 시절 대형 슈퍼마켓 직원으로 함께 근무했다. 아내는 궁상맞고 어수룩해 보여서 많은 직원들 사이에서 눈에 띄지 않았다. 148cm, 60kg의 몸에 사오정 같은 얼굴이었다. 꾀죄죄하기까지 했다. 아내는 말수도 적었고 얌전했다. 하지만 함께 식품부에 근무하면서 아내의 얌체 짓을 눈치챌 수 있었다. 아내의 얌체 짓은 대단했다. 유통기한이 지난 식품과 싱싱한 식품을 교묘하게 섞어 판매했다. 게다가 물품을 빼돌리거나 여분의 식품을 살짝 훔치는 수법은 감탄을 자아냈다. 외모나 행동에 비해 숫자 계산은 가히 우등생이라 할 수 있었다. 학력은 중졸이었지만 대졸 수준의 머리를 가지고 있었다. 임 사장은 주저하지 않고 아내에게 접근했다. 임 사장은 아내가 훌륭한 동반자가 될 수 있다고 여겼다.

둘이서 처음 함께 한 얌체 짓은 여분의 식품을 교묘하게 빼돌리는 도둑질이었다. 아내도 주저하지 않고 임 사장의 제의를 받아들였다. 그때 그들은 서로를 필요로 할 수밖에 없는 처지이기도 했다. 아내는 중학교 졸업 후 바로 취업 전선에 뛰어들어야 했던 소녀 가장이었다. 당뇨병 후유증으로 신장 투석하는 일흔 중반의 할아버지, 젊은 시절 실명한 오십대 고모와 함께 살았다. 1급 기초생활수급 대상이었다. 그들의 얌체 짓은 서로 잘 맞았다. 비밀리에 혼인 신고를 한 후 동거를 시작했다. 아내는 가정을 가지자 점점 기발하게 얌체와 도둑의 재능을 발휘했다. 존경스러울 정도였다. 표정이 결혼 전과 다르게 변했다. 어수룩한 웃음처럼 보였지만 그 속에 얌체 짓이 숨어 있었다. 윤 회장 사모님에게 전화해서 쌍둥이 빌딩 매매 중개수수료를 0.6퍼센트 낮추겠다고 꼬셔봐. 매수하겠다는 재일 교포 돈쟁이가 나타났어. 큰 구찌야. 아내는 천장이 찢어질 듯 깔깔거리며 바로 핸드폰 번호를 눌렀다. 아내의 웃음에는 이미 거래가 끝났다는 듯한 자신감이 넘쳤다. 상대방이 전화를 받자마자 아내는 호호호 웃어젖혔다. 상대방을 기분 좋게 만드는 웃음이었다. 그러곤 슈크림처럼 달콤하고 나긋나긋하게 말했다. 아내는 성우 못지않게 여러 가지 목소리를 냈다. 열등감에 사로잡힌 아내에게 목소리는 신이 내린 유일한 선물이라 할 수 있었다. 어둠 속에서 아내가 내뱉는 소리들은 임 사장을 뜨겁게 달궜다. 매매가에 1억을 더 얹어준다고 해. 아내에게 넌지시 속삭였다. 재일 교포 늙은이는 이미 임 사장의 얌체 짓에 말려들어갔다. 아내에게서 귀부인 못지않은 우아한 말들이 쏟아졌다. 임 사장은 흐뭇하게 웃었다. 매수자에게 중개수수료 손해 본 것을 받으면 돼. 전화를 끊자마자 아내에게 얌체 짓을 설명했다.

월요일 아침 욕탕은 바쁘다. 월요일 아침 목욕탕에서의 얌체 짓은 이웃들에게 구경거리로만 여겨졌다. 열탕에서 장 사장과 다툰 것은 몇 시간 지나면 이웃들에게 잊힌다. 열기 때문에 저들이 언성을 높이는구나. 얌체 짓을 둘러싼 언쟁은 다들 벌거벗고 있을 때 일어난 일일 뿐이다. 옷을 입고 바쁘게 움직이게 되면 월요일 아침 목욕탕에서의 얌체 짓은 쉽게 잊히게 된다. 하지만 장 사장은 씩씩거릴 것이고 나는 속으로 음흉하게 웃으며 월요일 아침을 시작한다. 곧 윤 회장에게서 전화가 올 것이다. 매매 중개수수료가 3천만 원 되는 빌딩 매매 건인데 얌체 짓을 안 할 수 없다. 요즘 같은 불경기에.

누나가 집을 떠난 후 나와 남동생은 누나 방을 차지했다. 하지만 습진은 나를 더욱 심하게 괴롭혔다. 동생은 여전히 콜록콜록 기침으로 밤을 새웠다. 우리 집은 변함없이 몸이 뿜어내는 고통의 소리들로 가득했다. 세 명의 남자들이 만드는 쓰레기로 집 안은 점점 지저분해졌다. 아파트는 쓰레기통으로 변했다. 라면 봉지들, 흩어진 라면 수프, 빈 햇반 용기들, 개수대 위에 쌓인 설거짓거리들, 과자 봉지와 빵 부스러기, 세탁기에 쌓인 옷들. 아파트 안은 쓰레기, 먼지로 공기가 더 더러워졌다. 악취도 심해졌다. 그래도 그렇게 살아야 한다고 생각했다. 배가 고프면 각자 뭐든지 배 속으로 집어넣었다. 다행히 아버지의 도배 일거리는 끊이질 않아서, 배는 곯지 않았다. 아버지는 집에 가공식품을 넉넉히 사놨다. 왜 엄마와 누나가 가출했을까? 쓰레기통으로 변하는 집 안을 둘러보면서 원망스럽게 생각했다. 단순하게 시작된 의문이 자주 머릿속에서 생화학 반응을 일으켰다. 미워지고, 원망스럽고, 서글펐다. 악취 나고 지저분한 아파트 풍경이 쓸쓸하게 보였다. 저녁 무렵 배고파서 라면 봉지를 찢을 때, 마음이 텅 비었다. 눈가로 번지는 물기를 닦지 않았다. 눈물은 저절로 흘렀다. 이미 라면으로 끼니를 때운 남동생이 거실 구석에서 게임에 몰두하고 있었다. 잔소리하는 사람이 없었다. 엄마와 누나는 나빠! 그렇게 생각할 수밖에 없었다. 기침을 하면서까지 게임에 빠진 동생이 불쌍했다. 야단치는 사람이 없었다. 동생은 기침을 언제 멈출까? 나는 언제까지 살갗을 피나게 긁어야 하나? 습진은 언제 내 몸에서 사라질까? 습진이 무서웠다. 눈시울이 젖었다. 머릿속과 마음이 텅 비었다. 어깨가 축 처졌다. 사타구니와 겨드랑이를 벅벅 긁으면서 외로워졌고, 서글퍼졌다. 고등학교 졸업 때까지 쓰레기장 같은 아파트에서 남동생과 쓰레기처럼 뒹굴기만 했다. 방과 후에는 마땅히 할 일이 없었다. 짝꿍 태식이는 너무 바빴다. 태식이가 바쁠수록 나는 외로워졌다. 태식이가 옆자리에 앉아 있지만 나와는 다른 세상에 살고 있다고 여겨졌다. 태식이 아버지는 의사였다. 태식이 엄마는 예뻤다. 태식이는 50평대 고급 아파트에서 살았다. 태식이에게는 대학생인 다정한 누나가 둘 있었다. 매일 입고 오는 옷들이 다 명품이었다. 최신 핸드폰을 들고 다녔고, 내가 정말 갖고 싶었던 색을 메고 다녔다. 방과 후에는 고액 과외 수업을 받는다고 했으며, 전자 오르간을 배운다고 했다. 태식이는 우등생이었고 난 열등생이었다. 태식이는 의대를 갈 거라고 했다. 나는 대학을 가지 않을 것이다. 나와 닮은 것은 전혀 없었다. 간혹 태식이네 집에 놀러 가면 태식이 옆에 붙어 옷들이 좋다고 아첨을 부렸다. 태식이는 거울 앞에서 모델처럼 무덤덤하게 옷을 갈아입었다. 갈아입는 옷마다 멋있다고 침이 마르도록 알랑거렸다. 부끄럽지도 않았다. 태식이의 옷들을 갖고 싶었다. 그러면 태식이는 선심 쓰듯 입던 리바이스 셔츠를 나에게 던져줬다. 나는 얻은 옷들을 자랑스럽게 입고 다녔다. 리바이스 티셔츠를 입으면 감촉부터 달랐다. 습진이 사라지는 듯했다. 고등학교 3학년 여름방학 끝 무렵, 아버지가 외식하자며 동생과 나를 고깃집으로 데리고 갔다. 서먹서먹했지만 뜻밖의 외식에 동생은 마냥 즐거워했다. 반주로 소주 한 병을 마신 아버지가 대학 보낼 능력은 있으니, 전문대라도 가라고 더듬거리며 말했다. 가슴이 먹먹했다. 고기가 목에 걸리며 눈물이 핑 돌았다. 아버지 눈을 바로 쳐다봤다. 눈꺼풀이 처져 있었다. 술김에 말한 건가? 다시 한 번 아버지가 말했을 때 눈물이 줄줄 흘러내렸다. 태식이에게 대학 간다고 자랑스럽게 얘기했다. 태식이는 시큰둥한 표정만 지었다. 아버지의 고생 덕분에 M전문 대학 보건의료정보과를 졸업할 수 있었다. 내 능력의 한계점을 알게 됐다. 대학 졸업장은 종이 쪼가리일 뿐이었다. 태식이는 자가용을 몰면서 의대를 다녔다. 동창회에서 간혹 만났지만 나는 언제나 끝자리에 앉아 태식이가 떠드는 모습만 지켜봤다. 동창회 모임에 태식이에게 얻은 리바이스 청바지를 입고 간 적이 있었다. 태식이가 내 옆을 지나가며 씩 웃음을 던졌다. 고등학교 때 너에게 준 청바지네? 꽤 비싼 거였지. 잘 입어라. 나는 고개를 숙이고 끝자리에 앉아버렸다. 습진은 그때마다 나를 괴롭혔다. 벅벅 긁어야 머릿속이 텅 비어지지 않았다. 가려움이 쓸쓸함을 없애줬다. 대학 졸업 후 더 난감했다. 앞길이 보이지 않았다. 아버지는 폐결핵을 앓았고, 동생은 게임만 하면서 백수로 지냈다. 나는 왜 이럴까? 스스로 묻기조차 힘들었다. 아버지처럼 도배 일을 하는 것도 자신이 없었다. 그러다 단순 노동이면 되는 대형 슈퍼마켓에 취직했다. 습진은 나를 지배하기 시작했다.

수요일 목욕탕

임 사장! 이 얌체 놈. 잘 만났다. 욕실 문이 닫히며 얌체 놈이라는 고함이 욕실 안에 퍼진다. 장 사장이 벌거벗은 채 고함을 지른다. 얌체 놈이라는 소리가 욕실 안 사람들을 깜짝 놀라게 한다. 물소리만 조용히 퍼지던 욕실이 술렁인다. 고함을 지른 후 장 사장의 온몸이 울화로 너울처럼 울렁거린다. 벌거벗은 몸에 혈압 오르는 모습이 뚜렷하게 보인다. 불쑥 튀어나온 아랫배가 걸을 때마다 출렁거리고 얼굴은 벌겋게 달아올랐다. 숨소리도 씩씩거리며 거칠다. 온탕에서 몸을 풀고 있던 임 사장도 깜짝 놀란다. 재빠르게 열탕으로 옮긴다. 43도 열기에 후끈 달아오른 얼굴로, 장 사장의 고함을 못 들은 체한다. 장 사장이 얌체라고 바로 말했다. 얌체라는 말을 사람들이 들었다는 게 임 사장에게 불편할 뿐이다. 다행히 수요일 아침 욕탕에는 이웃들이 많지 않다. 장 사장이 씩씩거리며 임 사장 앞에 앉는다. 장 사장 얼굴이 벌써 찌그러진 채 벌겋다. 욕탕에 있는 사람들이 흥미진진하게 두 사람을 쳐다본다. 복싱 경기를 관전하는 듯 벌거벗은 눈동자들이 번들거린다. 임 사장이 얌체라고 지목된다. 정체를 드러낼까? 결과를 지켜본다. 얌체로서 목욕을 마칠 수 있을지 궁금해한다. 탐색전은 월요일에 이미 끝났다. 장 사장은 열탕에 들어오자마자 임 사장에게 삿대질을 한다. 상거래에도 최소한의 도리가 있어, 이 얌체야. 말끝마다 얌체라고 내뱉는다. 내가 뭘 잘못했소? 빌딩 매매 건은 윤 회장이 결정할 건데, 나한테 함부로 얌체라고 말하지 마소! 나는 떳떳해요. 삿대질에 대꾸하지 않으면 얌체라는 말을 인정하게 되는 셈이다. 임 사장이 대들자 장 사장은 더욱 분을 참을 수 없는지 온몸을 부르르 떤다. 아직 어린놈이 정당하게 거래하지 않고, 뒤에서 얌체 짓이나 하다니. 나도 오십대요. 당신도 겨우 환갑을 넘긴 주제에…… 맞대응하지 않으면 패하고 만다. 열기와 울분으로 장 사장 얼굴이 땀범벅이다. 아침부터 왜들 서로 말다툼이오? 이웃들이 말리지만 눈동자에는 호기심으로 가득하다. 장 사장이 욕탕에 있는 이웃들에게 침까지 튀기며 임 사장의 얌체 짓을 말한다. 없는 일을 지어내 나를 험담하지 말아요. 강하게 받아치며 피하려고 일어섰다. 뭐라고? 없는 일? 그럼 내가 거짓말쟁이란 말이야? 팽팽하게 서로 맞받아치면서 이웃들의 눈치를 살핀다. 장 사장도 함께 일어나며 홧김에 임 사장 등짝에 뜨거운 물을 뿌린다. 뜨거움이 칼날처럼 꽂히며, 임 사장이 화들짝 놀란다. 그냥 욕탕을 나가면 스스로 얌체임을 인정하게 된다. 전투를 치러야 한다. 정말 이러기요? 대드는 순간 장 사장이 뜨거운 물을 임 사장 얼굴에 확 뿌린다. 인류의 원시적 전투가 생존을 위해 재현되고 있다. 임 사장도 맞대응하느라 물장구치듯 뜨거운 물을 뿌린다. 이웃들이 말려도 전투는 끝을 봐야 한다는 식으로 격하게 서로 덤벼든다. 그들이 은근히 원하는 장면이다. 이미 두 사람의 울화는 싸움으로 변했다. 욕실에서 벌거벗은 채 서로 주먹다짐을 한다. 싸움이 심상찮다는 것을 느낀 이웃들이 적극적으로 말리지만 두 사람은 더 거칠어질 뿐이다. 욕실 안은 이미 난장판이 됐다. 누가 먼저인지 모르겠지만 두 사람 손에는 플라스틱 바가지가 들려 있다. 서로 무기처럼 잡고 상대방을 향해 공격한다. 임 사장 어깨가 찢어져 피가 나고, 장 사장 등짝은 바가지 자국으로 벌겋다. 반드시 이겨야 하는 싸움이다. 지세 되면 어느 쪽이든 얌체로 낙인 찍히게 된다. 벌거벗은 채 싸움을 하고, 벌거벗은 채 구경하면서 싸움을 말린다. 점점 욕탕이 시끄러워지자 옷을 입은 목욕탕 사장이 들어와서 싸움을 말린다. 옷을 입은 사장이 오자 벌거벗은 채 싸우던 두 사람이 갑자기 부끄러움을 느낀다. 옷을 입은 사장 앞에서 겨우 싸움이 끝난다. 싸움은 무승부다. 임 사장은 속으로 얌체같이 웃는다. 오후에 윤 회장에게서 전화가 올 거야.

꼬르륵, 꼬르륵. 이 소리 들어봐요. 아내는 동거를 시작하자 이불 속에서 나를 꼭 껴안고 훌쩍이며 말했다. 꼬르륵. 훌쩍훌쩍. 아내를 꼭 껴안고 들었다. 내 뱃속도 꼬르륵거렸다. 훔쳐온 삼겹살과 된장찌개로 저녁을 배부르게 먹었건만, 꼬르륵 소리는 식사 후 몇 시간만 지나면 나와 아내 뱃속에서 마치 시디가 재생되듯 저절로 들렸다. 우리 이 소리가 나지 않도록, 습진이 없어질 때까지 악착같이 얌체 짓을 합시다. 동거 첫날, 몸에서 나는 소리를 들으며 아내에게 말했다. 아내의 온몸도 세계 지도처럼 습진으로 뒤덮였다. 아내는 밤새 꼬르륵 소리를 듣느라 잠을 못 잔 적이 많다고 했다. 습진 때문에 벅벅 긁으며 악귀 같은 밤을 지새운 적이 허다했다고 했다. 사오정 같은 얼굴에 눈물이 가득 넘쳤고, 아내는 내게 따개비처럼 붙어 떨어지지 않았다. 아내는 대형 슈퍼마켓에 취직하자 팀장을 졸졸 따라다니며 식품부에 근무하고 싶다고 애걸했다. 인스턴트 음식을 훔쳐 화장실에서 몰래 먹었다. 너무 기뻤다. 60kg의 체중은 인스턴트 음식 때문이었다. 꼬르륵 소리는 뱃속에서 멈추지 않았다. 우리는 서로의 몸에서 나는 소리만으로도 사주 궁합이 맞았다. 아내가 얌체 짓과 도둑질을 제안했다. 나에게 식품부에서 교묘하게 식품들을 빼돌리는 법을 가르쳐줬다. 특히 정육점에서 여분으로 처리되는 돼지고기와 냉동 가공된 돼지고기를 몰래 빼돌렸다. 아내는 대형 슈퍼마켓을 그만두고 포장마차 장사를 시작했다. 대형 슈퍼마켓에서 빼돌린 냉동가공 돼지나 어패류, 가공식품, 주류나 음료수, 어묵 등으로 밤 장사를 시작했다. 나의 도둑질은 나날이 세련되었다. 도둑질과 얌체 짓을 손쉽게 할 수 있었다. 악착같이 도둑질을 했고, 점점 뱃속에서 꼬르륵 소리가 사라졌다. 아내는 첫아이를 낳고 일주일 만에 포장마차를 열었다. 둘째아이를 출산한 후 아내는 나에게 공인 중개사 자격증을 따라고 들볶았다. 습진도 점점 사라졌다. 기뻐서 마냥 눈물을 흘리며 지긋지긋한 습진이 사라지는 것을 바라봤다. 하지만 습진 때문에 생긴 병은 무섭게 우리 머릿속에 퍼졌다. 처음엔 병의 이름을 몰랐다. 도둑질이나 얌체 짓을 할 때마다 습진은 사라졌다. 습진을 낫게 하고 싶어서 더욱더 도둑질이나 얌체 짓을 저질렀다. 습진으로 생긴 머릿속 병의 정체를 그때 알게 됐다. 다행히 공인 중개사 자격시험을 2년 만에 통과했다. 바로 N동 산쪽 동네에 사무실을 차렸다. 도둑질은 멈췄다. 하지만 얌체 짓은 멈출 수 없었다. 멈추면 습진이 재발할 것 같았다. 두려움이 너울처럼 우리 부부를 덮쳤다. 사기나 공갈, 거짓말들이 얌체 짓 하는 데 양념처럼 보태졌다. 아내는 습진이 사라지자 마치 귀부인처럼 우아하게 꾸미고 다녔다. 우리는 습진이 사라져야 하는 이유를 알았다. 부동산 중개업은 우리 부부에게 어울리는 직업이었다. 아내의 달콤한 웃음과 목소리가 사무실 안에서 꽃처럼 피어났다.

금요일 목욕탕

암체 짓 하는 두 사람 다 오늘 목욕탕에 있네! 윤 회장이 점잖게 말하며 온탕에 들어온다. 임 사장과 장 사장이 함께 시큰둥한 표정으로 윤 회장을 쳐다본다. 두 사람에게는 윤 회장의 말이 점잖게 들리지 않는다. 윤 회장이 내뱉은 얌체라는 말이 조롱처럼 들린다. 두 사람은 "오셨습니까?" 하며 건성으로 인사를 건넨다. 어쩔 수 없이 존칭으로 어른 대접을 해야 하지만 말투만큼은 삐딱하다. 고개도 삐딱하게 숙인다. 금요일 아침 욕탕은 시끌벅적하다. 임 사장과 장 사장은 등을 돌린 채 온탕에 잠겨 있다. 아직 수요일 아침에 싸운 흔적이 두 사람 몸 여기저기에 남아 있다. 이웃들이 농담으로 건네는 말들이 괜히 신경 쓰인다. 이제 서로 화해하소. 이웃끼리 하루이틀 볼 것도 아니고. 살다보면 오해로 다툴 수도 있다 아닙니까? 두 사람은 벌거벗은 채 화해할 수는 없다. 이웃들은 말로는 화해하라고 하지만, 눈빛은 여전히 싸움의 결과를 궁금해한다. 임 사장과 장 사장은 굳이 열탕으로 들어가지 않는다. 이미 흉한 꼴을 보였기 때문에, 더 이상 숨길 게 없다. 서로 외면한 채 온탕에서 몸을 푼다. 윤 회장이 온탕에 들어오자 두 사람은 열탕으로 옮겨 간다. 윤 회장이 얌체라고 내뱉은 것이 두 사람은 불쾌하다. 두 사람은 불쾌한 얼굴을 온탕에서 들키고 싶어 하지 않는다. 윤 회장은 언제나 회장다운 면모를 지킨다. 두 사람은 살아가는 동안 회장이란 소리를 들을 수 있을까? 어쩔 수 없이 윤 회장에게 눈을 내리깔게 된다. 열탕에서 벌겋게 달아오른 장 사장이 온탕에 있는 윤 회장에게 물어본다. 쌍둥이 빌딩은 어제 매매 계약했다면서요? 열기 때문인지, 아니면 울화 때문인지 말투가 퉁명스럽다. 임

사장은 뱁새눈으로 원망스럽게 윤 회장을 쳐다본다. 윤 회장
은 온탕에서 여전히 회장의 면모를 과시하며 두 사람의 말투
나 눈길에 개의치 않고 대답한다. 어제, 조건이 제일 좋은 쪽
으로 계약을 맺었지. 쌍둥이 빌딩 건이 해결되고 나니까 속이
시원하네. 저와 계약할 듯 말씀하셨죠. 임 사장이 참지 못하
고 퉁명스럽게 물어본다. 하하하, 임 사장은 아직 사회 경험
이 많이 부족한걸. 서로 경쟁시키다가 매매는 자기 유리한 쪽
으로 하는 거 아닌가? 내가 언제 하겠다고 했나? 할 것 같다
고 그랬지. 온탕에서 윤 회장이 여유롭게 웃는다. 두 사람은
열탕에서 씩씩거리며, 윤 회장을 뱁새눈으로 쩌려보며 속으
로만 울부짖는다. 이 늙은 능구렁이 같은 얌체야!

허무,
끝

그때 꼭 그렇게 했어야 했나? 흐릿한 머릿속에 오직 이 생각만 띄엄띄엄 깜박거린다. 온몸은 냉담하다. 이미 내 것이라고 할 수 없다. 콧구멍에서 들숨 날숨이 겨우 느껴진다. 내 바깥은 도저히 알 수 없다. 온통 캄캄할 뿐이다. 몇 시간 만에 생체 이탈된 채 암흑 속으로 내몰렸다. 아무리 더듬어도 캄캄하기만 하다. 온몸이 차츰 가벼워지고 있다. 들숨 날숨이 매우 가늘어진다. 마지막에 들었던 사람들 이야기는 시끄러웠다. 다급하게 들리는 소리들이 까마득하게 느껴졌다. 먹먹하다가, 웅성웅성 거리다가, 뚜렷하게 들리지 않았다. 바깥 소리들은 머릿속 깊숙이 박히지 않았다. "심전도가 급격하게 떨어지고 있어." 가장 뚜렷하게 들었던 마지막 바깥 소리였다. 누구인지 알 수 없지만, 다급한 목소리였다. 그때 모든 것이 가벼워지는 것을 느꼈다. 먹먹하다가, 우는 소리가 들렸다. 누구 울음일까? 애써 기억을 더듬어봤다. 큰누나? 울음이 너무 옅었다. 큰누나는 아내처럼 울지 않을 거다. 입안에서만 나를 위해 찬송가를 부르고 있을 거다. 아들 울음인가? 기억이 또 흐릿해졌다. 몇 시간 전만 해도 온몸이 뒤틀릴 정도로 아팠었다. 온 신경 다발들이 마지막 광기를 부렸다. 사람이라는 생물체로서 아플 수 있을 만큼 최대로. 사람으로 남고 싶지 않았다. 내 오상육부를 도저히 가늠할 수 없었다. 심한 통증에 온갖 고함을 토해냈지만 어쩔 수 없었다. 심장이, 허파가 찢어지고 있었다. 핏줄들은 터진 수도관처럼 핏물을 쏟아냈다. 머릿속 뇌는 터질 듯했다. 주삿바늘들이 내 몸에 꽂히기 시작했다. 몸은 잠잠해졌다. 그러나 온기는 조금씩 허공으로 날아가고 있다. 언뜻 머리 구석에 남아 있던 뇌신경 다발이 번쩍인다. 꼭 이렇게 했어야 했나? 마지막으로 번개처럼 머릿속으로 스쳐간 의문이다.

큰누나 목소리는 언제나 어떤 체온인지 느낄 수 없다. 어제 오전도 큰누나는 여전했다. 목동에 있는 빌딩 매매 건으로 김 사장과 의논 중이었다. 모처럼 큰누나 전화였다. 바쁘냐? 아뇨. 너를 위해 매일 기도하며 생각해봤지만, 올케를 위해 이혼하는 게 좋지 않겠어? 전화 속 큰누나 목소리는 주일 예배 기도할 때와 같았다. 차분하기도 하고, 온몸을 찌르기도 하고 도저히 종잡을 수 없다. 어릴 적부터 등짝을 오싹하게 하는 목소리였다. 요즘 올케 행색이 형편없는 것 아니냐? 바쁜 듯해서 길게 얘기는 하지 않을게. 기도하는 맘으로 잘 생각하렴. 큰누나의 말들이 주기도문처럼 귀에 박혔다. 목덜미가 서늘해졌다. 큰누나는 기도를 끝내듯이 전화를 끊었다. 마음속으로 아멘이 외쳐졌다. 갑자기 왜 이래? 얼굴이 죽을상이 되다니. 누구 전화인데? 김 사장이 의아한 듯 다그쳐 물었다. 김 사장이 낯설게만 보였다. 찬 기운을 털고 싶어 머리를 흔들었다. 어릴 적부터 그렇듯이 쉽게 큰누나 목소리를 떨칠 수 없었다. 번지레한 김 사장 얼굴에 날파리들이 윙윙거리며 들러붙었다. 나도 모르게 내 얼굴을 빡빡 문질렀다. 계속 빌딩 건 얘기할까? 갑자기 김 사장 입에서 악취가 풍겼다. 기도하고 식사하렴. 기도하고 잠자렴. 귓가에 큰누나 목소리가 웅웅거렸다. 김 사장이 담배를 건넸다. 구역질이 울컥 솟구쳤다. 왜 이래? 정말! 김 사장이 놀란 눈으로 나를 쏘아봤다. 김 사장 표정에서 나를 볼 수 있었다. 번질번질 웃는 김 사장의 입가에 개기름이 퍼져 있었다. 내 입가를 문질렀다. 입가가 개기름으로 미끈거렸다. 일어서서 창문을 확 열었다. 5월 햇살이 실린 바람이 얼굴을 덮쳤다. 겨우 식은땀을 씻을 수 있었다. 이혼하라고? 생뚱맞은 말이었다. 목동 빌딩 건은 다음에 의논하자. 갑자기 왜 이렇게 달라지는 거야? 정 사장. 이건 그냥 먹을 수 있는 거야. 적어도 각자에게 이삼억 정도는 떨어져. 네가 바람만 잘 잡으면 돼! 김 사장 말이 시들하게 들렸다. 큰누나 목소리가 여전히 머릿속에서 윙윙거렸다. 김 사장은 달궈진 프라이팬 위 시뻘건 소시지처럼 씩씩거리며 벌겋게 달아올랐다. 오늘 밤 포커 게임은 어떻게 할 거야? 짜증 섞인 목소리로 다그쳤다. 저녁까지 연락할게. 무슨 전화이기에 그렇게 당황하는 거야? 이런 모습은 처음 보네. 머릿속에서 두 사람 목소리가 계속 뒤섞이며 웅성거렸다. 김 사장이 얼굴을 찌푸리며 사무실 문을 꽝 닫고 나가버렸다. 문이 닫히자 김 사장 목소리가 머릿속에서 사라졌다. 아멘! 의자에 풀썩 앉자 입안에서 저절로 튀어나왔다. 오싹한 기분을 없애기 위해 다시 한 번 아멘을 외쳤다.

어릴 적부터 큰누나 목소리는 오싹했다. 몇 년간 암 투병하던 엄마가 세상을 떠났을 때, 큰누나는 울지 않았다. 아버지가 밤새 통곡하자 아버지 등을 쓰다듬으며 주기도문 외우듯이 "엄마는 천국으로 갔어, 아빠. 그곳에서 편하게 지내면서 우리를 지켜볼 거야"라며 위로했다. 그때 큰누나는 고등학교 2학년이었다. 엄마가 세상을 떠난 후 큰누나는 언제나 기도하듯 말했다. 엄마의 빈자리를 큰누나가 대신했다. 아버지, 중학생인 작은누나, 초등학교 6학년이었던 나, 이렇게 네 식구 살림을 떠맡았다. 엄마를 대신한 큰누나 곁에는 항상 찬송가와 성경책이 있었다. 아버지는 부지런하게 영업용 택시를 운전했다. 우리 식구는 큰누나 기도로 하루를 시작했고, 하루를 마쳤다. 엄마 없는 우리 가족의 생활은 기도를 외치는 큰누나의 오싹한 목소리로 뒤덮였다. 아버지도 주일 예배를 위해 일요일은 쉬어야 했다. 기도, 찬송가, 주일 예배를 잊는 것은 큰 죄악이었다. 큰누나의 기도 덕분에 살아간다고 아버지는 말했다. 작은누나는 미용사로 취직했고, 나는 가장 사랑받는 막내로 지방대 경영학과를 졸업할 수 있었다. 아버지와 작은누나는 큰누나의 찬송가와 기도를 감사하게 생각했다. 내가 대학교를 졸업하자 큰누나는 신학대에 입학했다. 또한 굳이 마다하는 아버지를 교회의 착실한 권사와 재혼시켰다. 작은누나도 신실한 기독 청년과 가정을 꾸렸다. 큰누나는 주님과 결혼했다. 아버지가 몇 번이고 결혼을 권했으나 큰누나는 고개를 저으며 주님이 나의 남편이라고 단호하게 말했다. 결국 서울 변두리 개척 교회 전도사가 됐다. 우리 가정은 큰누나의 기도와 찬송가 안에서 생활했다. 하지만 나에게는 큰누나의 기도와 찬송가가 대학 때까지만 필요했다. 사회에 나가자 그런 게 왜 필요할까 싶은 회의가 생겼다. 갈등은 군복무 중에 시작됐다. 여자 친구인 주미에게서 소식이 끊긴 게 계기였다. 기도의 힘을 의심하게 되었다. 왜 소식이 없지? 무슨 일이라도 생겼나? 기도를 의심하는 병이 생겼다. 차츰 연락이 뜸해지는 주미를 생각하며 그래도 열심히 기도했다. 하지만 기도는 소용없었다. 의심과 갈등은 점점 나를 힘들게 했다. 제대 후 복학했을 때, 주미는 이미 경석이의 여자가 되어 있었다. 교회 안에서 함께했던 청소년부 단짝 시절은 이미 추억이 되어버렸다. 제대 후 어느 날 교회 뒤뜰 벤치에서 두 사람이 키스하는 것을 봤다. 그날 처음으로 예배에 참석하지 않았고, 홀로 생맥주를 마셨다. 유격 훈련 때마다 주미 이름을 힘껏 외쳤던 게 떠올랐다. 이제 나는 그들의 주변만 맴도는 친구일 뿐이었다. 두 사람은 대학 졸업 후 결혼식을 올렸다. 장로님 자녀들이라 역시 잘 어울려. 이 교회를 이끌어갈 주님의 자녀들이야. 결혼식에 참석한 신도들이 입을 모았다. 기도 안에 평화와 사랑, 평등이 있지만 교회 안에는 없었다. 나는 주님에게 배신감을 느꼈다. 그들의 웃는 얼굴에 욕을 퍼붓고 싶었다. 청소년부 여름 수련회 때 경석이는 나에게 우정 어린 말을 했다. 주미는 너와 참 잘 어울려. 난 저런 스타일 싫어. 대학 들어가면 잘해봐. 두 사람 잘 되도록 내가 기도하고 도와줄게. 입대 전날, 주미와 단둘이 커피를 마셨다. 잘 다녀와. 꼭 네가 무사히 군복무 마치라고 매일 기도할게. 나도 편지나 전화할게. 다녀오면…… 뒷말은 커피 마시는 입안에서 머물렀다. 하지만 커피잔을 잡은 오른손은 떨리고 있었다. 두 사람은 기도로 나에게 믿음과 사랑을 줬었다. 두 사람의 결혼식 날 나는 학교 후배와 밤새 술집에서 뒹굴었다.

두 사람은 나는 아랑곳없이 화목하게 가정을 꾸리며 교회 생활도 신실하게 해나갔다. 나는 큰누나 기도가 듣고 싶지 않았다. 교회에서 친구 부부와 마주치고 싶지도 않았다. 교회

가는 일요일이 점점 줄어들었다. 이혼을 하라고? 아내는 열심히 신앙생활을 하고 있잖아. 큰누나 기도 안에서 뭐가 어긋난 거야? 다시 목덜미가 서늘해지며 머릿속이 어지러웠다. 김 사장이 두고 간 담배를 물었다. 김 사장이 앉았던 소파가 움푹 파였다. 참, 김 사장이 조금 전에 앉아 있었지. 김 사장 휴대폰 번호를 눌렀다. 오늘 몇 시에 모이지? 너도 별수 없군. 고민이 해결됐냐? 일곱시 노 사장 사무실이야. 판돈이 클 거 같아. 오케이. 담배 연기를 햇살 속으로 깊게 내뿜었다.

  힘껏 좀 밀어줘. 때 미는 사람에게 평소 답지 않게 짜증을 부렸다. 세신사가 허벅지와 등짝을 이태리타월로 빡빡 민다. 살갗이 쓰리지만 개운하지 않다. 더 힘껏 밀어줘. 피부가 벗겨질 정도로 벌겋게 됐어요. 세신사가 의아한 듯 말한다. 몸에 붙어 있는 것은 때뿐이다. 이혼하렴. 큰누나 목소리는 여전히 머릿속에 붙어 있다. 몸이라도 부수고 싶다. 45도 열탕에 몸을 담가도, 한증탕에 들어가도 머릿속 그녀의 목소리는 사라지지 않는다. 칫솔이 휠 정도로 힘껏 이를 닦아도 잇몸만 아플 뿐이다. 큰누나 목소리를 지우기에 몸의 고통이 너무 미미하다. 아내는 오늘 새벽에도 교회를 갔다. 한결같이 새벽 네시에 일어나 새의 깃털보다 더 조용히 움직였다. 사뿐사뿐. 발자국 소리는 시곗바늘 째깍거리는 소리보다 더 조용하다. 내 잠을 깨우지 않기 위해 아내는 어둠보다 더 어둡게 움직였다. 그러나 나는 사뿐사뿐 움직이는 아내 소리에 언제나 잠을 깬다. 아내 움직이는 소리가 거짓말인 듯 여겨진다. 아내가 지긋지긋하다. 아내 발걸음 소리는 언제나 화를 돋운다. 오늘 새벽에도 갈증에 벌떡 일어나 거실을 쿵쿵거리며 움직였다. 그리고 아내에게 고함을 질렀다. 나처럼 이렇게 쿵쿵 소리 내며 움직이란 말이야. 이 사십 평 아파트는 네 맘대로 움직여도 되는 곳이야. 나를 조롱하냐? 그렇게 사뿐사뿐 움직이면 하나님이 네 기도를 들어주디? 움직여! 소리 내며 움직이란 말이야. 아내 손목을 꽉 잡고 집 안을 쿵쿵 소리 내며 움직였다. 아내는 그렇게 해도 사뿐사뿐 움직이려고 몸을 가눴다. 아내 얼굴은 언제나처럼 지긋지긋할 정도로 잔잔하다. 내 손길에 휘청거리며 몸을 맡겼다. 저항도, 싫다는 말도, 화도 내지 않고 마냥 억센 내 손길 따라 힘겹게 움직이다 겨우 한마디를 내뱉는다. 교회 가야 돼요. 들어가서 주무세요. 나지막한 목소리에 체념이 섞여 있다. 눈가에 퍼지는 떨림은 눈물을 참는 고통이다. 헬쑥하고 창백한 볼에 자긋자긋 원망이 퍼져 있다. 하지만 아내 목소리는 소름끼칠 정도로 차분하다. 아내가 언제 이혼하자고 할까? 기다렸다. 결혼 십구 년 동안 이혼이란 말은 꺼내지도 않았다. 볼그레하고 통통하던 젊은 시절 얼굴은 이혼이란 말을 가슴에 삼키면서 야위어졌다.

주일 예배 가지 않는 일요일이 점점 많아지자 걱정스런 얼굴로 큰누나가 나에게 지금의 아내를 데리고 왔다. 아내는 풋과일 같은 모습이었다. 신실한 여동생 느낌이었다. 그런 신실한 모습은 집에서 삼십여 년 동안 진저리나도록 봐왔었다. 신앙심이 매우 깊은 후배야. 신앙심이 옅어지는 너에게 많은 도움을 줄 거다. 마치 주님이 맺어준 듯이 잘 어울린다. 큰누나는 나와 아내를 따뜻하게 바라보며 흡족한 듯 마냥 웃기만 했다. 부모님은 강원도에서 농사짓고 있어. 어린이집을 운영하는 이모님을 도와주고 있지. 몇 년째 주일 학교 선생을 맡고 있어. 아내는 수줍은 듯 고개를 숙이고 얌전하게 앉아 있었다. 처음부터 아내는 나를 뜨겁게 만들 수 없었다. 대학 졸업 후 교회 바깥이 너무 넓다는 것을 알아버렸다. 친구 부부는 내게 전혀 회개하는 모습을 보여주지 않았다. 그들은 주안에서 맹세한 약속을 잊은 채 내 앞에서 뻔뻔하게 교회 생활을 했다. 첫사랑은 주님의 것이 아니고 내 것이었으며, 주님이 나에게 준 선물이라 믿었었다. 하나님은 그들의 배신을 알아야 했으며, 상처 받은 나를 위로할 친구 부부의 회개가 필요했다. 하지만 그들은 나에게 오히려 섭섭하다고 말했다. 섭섭하다고? 내 마음에 더욱 상처만 주는 뻔뻔스러운 말이었다. 그들의 배신을 잊기 위해 교회를 멀리했다. 점점 큰누나 기도가 지긋지긋해졌다. 유통 회사에 취직했을 때, 큰누나 기도만으로 살 수 없다는 것을 깨닫게 됐다. 살벌한 세상이었다. 교회 안에서만 살아가는 식구들이 나약하게 보였다. 기도나 찬송이나 예배 등은 나약함을 위장하기 위한 것들이었다.

그런 것들로는 살벌한 회사 안에서 버티기 힘들었다. 쉴 새 없이 눈치를 보면서 경쟁이라는 것을 알게 됐다. 게다가 연희를 만나서 몸의 맛을 처음 알았다. 내가 느낀 몸의 맛은 죄악이 아니었다. 나는 그녀와 결혼을 결심했다. 살아가는 이유가 될 수 있었다. 그녀가 아버지 병환 때문에 6백만 원이 필요하다고 했을 때도, 갑자기 전세금이 올랐다고 했을 때도 나는 스스럼없이 내 적금 통장을 해지했다. 그러나 정작 결혼 프러포즈를 했을 때, 그녀는 가소로운 듯 코웃음을 쳤다. 너무 순진해, 정민혁 씨는. 몰라도 너무 몰라. 날 좋게 봐준 건 고마워. 하지만 난 돈이 많이 필요한 여자야. 당신 따위가 감당할 수 없을 만큼. 대신 그간 널 즐겁게 해줬잖아? 일 년 만의 이별이었다. 비참한 나를 한없이 원망할 수밖에 없었다. 나를 다시 돌아봤다. 나는 그저 나약한 인간이었다. 초라했다. 그녀에게서 알게 된 몸의 맛을 느끼고 싶었는데, 그녀의 거절은 쓰라렸다. 교회 안에서는 위로받을 수 없는 욕망이었다. 부동산 중개사 자격증을 따고, 야심차게 강남의 대형 부동산 사무실에 취직했다. 식구들의 걱정스런 전화가 자주 걸려왔다. 귀찮았다. 핑계만 늘어났고, 교회 밖에서 일요일을 새롭게 만들어갔다.

그 무렵 큰누나가 아내를 데리고 왔다. 큰누나는 끈질겼다. 그녀의 끈기를 막을 수 없었다. 그녀는 탕아인 서른 살 남동생을 교회로 돌아오게 할 수 있는 게 믿음 있는 여성과의 결혼이라 생각했다. 결혼은 내게 하찮은 절차였다. 되도록 교회 쪽 사람을 피하고 싶었지만, 아무래도 상관없다는 마음이었다. 나들이 가듯 결혼식을 올렸다. 아내에게서는 몸 냄새를 맡을 수 없었다. 아내가 불쌍한 여동생처럼 여겨졌다. 아내와의 첫 관계는 술에 의해 이뤄졌다. 경주로 간 신혼여행은 밋밋했다. 첫날밤 나는 골프 채널을 보면서 맥주만 들이켰다. 아내는 외출복을 입은 채 소파에서 얌전하게 성경책을 읽고 있었다. 경주의 호텔방은 싱거웠다. 성경책이 눈에 거슬렸다. 한잔 마셔봐요. 짓궂게 맥주잔을 아내에게 내밀었다. 아내는 성경책을 나에게 들이대며 고개를 흔들었다. 안 돼요. 기도하듯 차분한 목소리였다. 다음 날 당장 아내와 헤어지고 싶었다. 언제나 집에서 봐왔던 모습이었다. 성경책을 빼앗아 침대 위에 던졌다. 아내는 놀란 듯 나를 쳐다봤다. 나는 억세게 아내 어깨를 껴안고 맥주를 입안에 부었다. 아내는 숨 가쁘게 고개를 저었다. 마셔봐, 어서 마셔봐. 아내는 어쩔 수 없다는 듯이 얼굴을 찌푸리며 두 잔을 마셨다. 아내는 술기운으로 눈동자가 풀렸다. 성경책 안에서 볼 수 없는 술 취한 모습이었다. 침대 위에 뻗어버린 아내의 옷을 찢듯이 벗겼다. 나는 언제 누구에게 배웠는지 기억나지 않는 행동을 통쾌하게 하고 있었다. 아내의 순결한 몸이 술기운으로 허물어졌다. 내 머릿속에서 주기도문의 한 줄 한 줄이 무자비하게 지워졌다. 나는 아내를 겁탈했다.

새벽녘에 잠이 깼을 때, 아내는 화장실에서 구토를 하고 있었다. 울음소리가 구토 속에 띄엄띄엄 섞여 있었다. 아내가 우는 것도, 구토를 하는 것도 주님이 만든 아내의 몫이라고 믿었다. 십구 년간 아내에게서 이혼하자는 말을 듣고 싶었다. 아내는 첫 관계 이후 울지 않았다. 부부 관계는 간혹 술 힘으로 이뤄졌다. 아내는 두 아이의 엄마로, 교회의 신실한 권사로만 생활했다. 오늘 아침처럼 언제나 어둠보다 더 어둡게 움직인다. 사뿐사뿐, 내 속을 뒤집는 소리를 내면서.

판돈 올리자! 손안에 든 히든카드가 스페이스 에이스다. 네 사람이 놀란 듯 나를 쳐다본다. 노 사장이 씩 웃으며 말을 건넨다. 정 사장, 나 몰래 작업하더니 한탕 큰 거라도 잡았나? 김 사장도 내 어깨를 툭 치며 끼어든다. 정 사장, 왜 이래? 아까 낮부터 뭔가에 홀린 거야? 탁자 위에 10만 원권 수표가 수북이 쌓여 있다. 내 손에서 두 장의 50만 원짜리 수표가 탁자 위로 떨어진다. 이 사장 입가에 음흉한 웃음이 퍼진다. 좋아. 우리 그냥 아파트 한 채 가져볼까? 지갑에서 100만 원권 수표를 꺼낸다. 노 사장이 손안에 든 카드를 보더니 맥주를 벌컥벌컥 들이켠다. 참! 목동 빌딩 경매 건은 어찌됐어? 박 사장이 김 사장을 쏘아보며 묻는다. 몰라! 김 사장이 '다이'를 외치며 고개를 돌린다. 언젠가 나한테 당할 거야. 박 사장이 나와 김 사장을 의미 있게 쏘아본다. 손안에 들어오는 카드는 예측할 수 없다. 하지만 음모를 만들어간다. 눈초리들만 남모르게 번뜩인다. 창문을 활짝 열어놔도, 바람이 사무실 안에 몰아쳐도 담배 연기는 언제나 사무실 안을 빽빽하게 채운다. 후끈 달아오른 사무실은 언제 터질지 모를 지뢰밭이다. 한명씩 '다이'하고 힘없이 카드를 내던질 때마다 상대방의 찌푸린 얼굴을 보며 마음속에 음흉한 웃음이 더욱 커져간다. 포커 게임 카드에는 조커가 없다. 오직 숫자와 계급만 있을 뿐이다. 숫자와 계급의 무한한 조합으로 '리브'와 '다이'가 정해진다. 오로지 스스로 조커를 만들어야 한다. 다이아몬드 왕의 카드가 마지막으로 손안에 들어와야 한다. 그러면 가장 포악한 조커가 내 안에서 만들어질 것이다. 놈들을 잔인하게 짓누를 수 있다. 숨소리만 팽팽하게 사무실을 채우고 있다. 마지막 히든 카드가 노 사장, 박 사장 그리고 내 앞에 떨어진다. 딜러 입에서 "굿 럭(Good Luck)" 소리가 긴박하게 뱉어진다. 포커페이스는 건물 경매할 때도 필요한 거야. 세상의 룰이 그런 거 아냐? 너 아니면 내가 리브가 되든지 다이가 되든지. 이 세상에서 어쩔 수 없는 꼬라지들이지. 박 사장이 의기양양하게 웃으며 말한다. 마지막 히든카드로 잔인한 조커가 만들어진다. 끈적한 손으로 카드를 집었다. 뱁새눈으로 손안의 카드를 훔쳐본다. 마지막 카드로 하트 5가 손안에서 보인다. 에이스 트리플이다. 음모가 만들어져야 한다. 포악한 조커로 변신해야 한다. 순간 큰누나 전화 목소리가 머릿속에 떠올랐다. 아내와 이혼하렴. 제기랄. 잘살아가는데 웬 쓸데없는 잔소리야? 울화가 속에서 솟구쳤다. 그 말이 주기도문처럼 느껴졌다. 포커페이스가 필요해. 맥주를 들이켰다. 능글맞게 박 사장이 웃고 있다. 죽기 위해 조커를 만들지 않는다. 음모를 꾸미며 조커를 만들어야 한다. 그렇게 해야 나는 숨을 쉴 수 있다. 나뿐만 아니라 그들도 마찬가지다. 그들도 조커를 치열하게 만들어야 한다. 숨을 쉬기 위해서. 콜 없이 끝까지 베팅하는 거야. 노 사장이 비장하게 소리친다. 판돈은 점점 바벨탑처럼 높아진다. 누군가 바벨탑 꼭대기에 조커로 우뚝 서야만 비로소 게임은 끝난다. 죽은 놈들을 조롱하듯 쳐다보면서. 정 사장 왜 이래? 무리하지 말고 서로 콜 불러. 김 사장이 판돈을 정리하며 걱정스레 말한다. 노 사장이 지갑을 만지작거리더니 파르르 떨면서 카드를 던진다. '다이'다. 오열하듯 목소리가 찢어진다. 박 사장이 번뜩거리며 나를 째려본다. 살기가 눈가에 서려 있다. 나 역시 놈을 째려본다. 안 돼! 끝까지 가는 거야. 100만 원짜리 수표를 또 던진다. 가장 잔인한 조커가 되고 싶다. 박 사장은 안색이 새파랗게 변하면서 카드를 내 앞에 내동댕이친다. 박 사장이 울부짖는다. 잘 처먹어라. 뭐냐? 네 카드는? 박 사장이 울부짖으며 내 카드를 잡으려 한다. '다이'했으면 끝난 거 아냐? 나는 재빠르게 카드를 덮어버린다. 박 사장이 덮어버린 내 카드를 삼켜버릴 듯 쳐다본다. 나는 스트레이트였는데…… 박 사장이 아쉬운 듯 중얼거린다.

속으로 음흉하게 웃으며 가장 잔인한 조커로 변신했다. 시무룩한 박 사장이 가소롭게 보인다. 박 사장, 세상 사는 법이 다 그런 거 아냐? 죽으면 그만이야. 그때 기도하는 아내가 박 사장 얼굴과 겹쳐진다. 잔인하게 웃으며 조커의 손길로 판돈을 끌어모은다. 그들은 다음 게임을 위해 담배 연기를 내뿜는다.

아직 5월 새벽은 차다. 흔들리는 어깨가 으스스하다. 묵직한 몸을 이끌며 걸음걸이가 비틀거린다. 햇살 없는 서교동 거리가 썰렁하다. 밤은 끝나지 않았고, LED 간판 불빛은 거리를 지키고 있다. 머릿속이 먹먹하기만 하다. 도저히 어디에 주차했는지 기억나지 않는다. 술과 담배로 온몸이 절어 있다. 나는 밤새 여섯 번의 잔인한 조커가 됐을 뿐이다. 그들이 수십 번 조커가 되어 포악하게 나를 죽일 동안 으르렁거리며 놈들을 짓밟고 싶은 생각만 머릿속에 가득했다. 새벽 세시경 주 과장이 빈 지갑을 흔들어 보이며 힘없이 일어나 사무실을 빠져나갔다. 새벽 다섯시경 내 지갑이 두번째로 비워졌다. 김 사장이 걱정스럽게 나를 사무실에서 쫓아냈다. 어서 꺼져! 그들이 잔인하게 웃는 동안 나는 허탈하게 포커 판에서 빠져야 했다. 패배자로서 지을 수 있는 온갖 울상을 다 지으면서. 사무실 문을 열고 나올 때 박 사장 목소리가 귀가 따가울 정도로 들렸다. 목동 건물 경매는 아직 끝난 거 아냐. 포커 게임이 계속되고 있구나. 속으로 으르렁거리며 문을 꽝 닫았다.

서교동의 새벽은 상쾌하지 않았다. 허벅지가 떨리면서 걸음걸이가 흔들린다. 그때 문자 수신음이 들렸다. 흐릿한 시야에 큰누나의 이름이 보인다. '어젯밤 집에 안 들어왔다면서? 진우 엄마가 울먹이며 절실하게 새벽 기도 하는 걸 봤어. 너 때문에 하루하루 말라가는 진우 엄마가 너무 안쓰럽구나. 매일 새벽 예배에서 나랑 진우엄마가 너를 위해 절실하게 기도 하건만, 아무리 생각해도 네 아내를 위해 이혼하는 게 좋겠다. 그것이 주님의 뜻인 듯하다.' 이미 지워신 주기도문을 머리에 되새기고 싶지 않다. 포커 판이든 건물 경매 건이든, 잔인한 조커가 되지 못한 분통만이 치를 떨게 할 뿐이다. 나에게 이혼은 별 의미가 없다. 이혼하라면, 충분히 할 수 있다. 가족들은 무엇이 부족해서 그럴까? 이십여 년을 성공한 부동산 중개사로 부족함 없이 가족들을 부양하지 않았던가? 그들이 간혹 부동산 중개사를 그만뒀으면 했을 때, 이해할 수 없었다. 누구나 나를 성공한 부동산 중개사라고 말했다. 내가 약삭빠른 달변가였나? 간혹 어리둥절했지만 가족에게는 없는 유전자가 나를 성공한 부동산 중개업자로 만들었다. 나 스스로도 몰랐다. 그렇게 단기간에 강남에서 소문난 부동산 중개사가 되리라고는. 적성에 딱 맞는 직업이었다. 고객의 표정에 따라 맞춤 연기자로 변신하면 된다. 상냥하게 혹은 달근달근하게, 웃음을 잃지 않은 채. 상세하고 정확하게 말하고, 믿음이 가는 표정을 지으면 된다. 대형 부동산 중개 사무실에서 삼 년 만에 독립해 개인 사무실을 가질 수 있었다. 나는 손님들 돈 냄새를 잘 맡았다. 게다가 건물 매매나 분양에서 과감하게 베팅을 잘했다. 또한 교묘하게 속임수를 쓰곤 했다. 잔인한 조커가 될 자질을 갖추고 있는 셈이었다. 아버지나 큰누나는 이런 나를 보고 놀라는 듯했다. 경석이 사업이 힘들었을 때, 경석이 상가를 담보로 10퍼센트라는 높은 이자로 돈을 빌려줬다. 결국 상가는 내 소유가 됐다. 통쾌하게 웃었다. 장로인 친구를 나는 교회 밖에서 복수할 수 있었다. 그들은 그들의 기도 안에서 나를 용서할 수 없었다. 교회 안보다 교회 밖 부동산업자로 더욱 매정하게 행동할 수 있었다. 큰누나는 내 도움을 거절했다. 아버지는 주님 안에서 생활해야 천국에서 만날 수 있다고 유언처럼 힘들게 얘기하더니, 칠순을 넘기자마자 심장마비로 세상을 떠났다. 아내는 신실한 권사로 가정을 꾸렸다. 두 아이와 함께 교회 생활에 매달렸다. 집은 나만 없으면 교회처럼 잔잔했다. 나는 점점 집안에서 이방인이 되어갔다. 술과 담배 냄새를 집에 가득 채우며, 킁킁거리며 돌아다녔다. 잔잔하던 집은 나로 인해 아수라장이 되었다. 아이들은 두렵고 싫은 눈길로 나를 쳐다봤다. 집에 들어서면 질식할 듯 온몸이 뒤틀렸다. 신경질이라는 알러지 증상이 나타났다. 아내가 만드는 집안 분위기가 싫었다. 커피잔부터 깨기 시작했다. 그렇지 않으면 숨이 막혀 잠을 잘 수 없었다. 술병이 깨지고 아내에게 손찌검을 했다. 아이들 울음이 밤늦게까지 아파트 안을 채웠다. 폭력 남편은 참을 수 있어요. 그런 건 상관없어요. 하지만 아이들에게 폭력 아빠로 기억되는 것은 절대 안 돼요. 아이들을 큰고모댁에서 키우겠어요. 중학교에 입학하자 아들은 딸애와 함께 큰누나 아파트로 옮겼다. 큰누나가 두 아이와 생활했다. 나는 매일 이혼하자고 트집을 부렸다. 언젠가는 주님이 당신을 구원할 거예요. 아내는 애처로운 듯 나를 쳐다봤다. 그렇게 쳐다보는 아내에게 저주를 퍼붓고 싶었다. 아내 얼굴에 찬물을 뿌렸다. 핼쑥한 볼에 파르르 떨림이 보였다. 나는 당당하게 사회생활을 하고 있다. 그런데 무엇 때문에 집에서는 적응할 수 없는 이방인이 됐을까? 아내는 점점 기도에 매달리는 시간이 많아졌다. 집 안은 뚜렷하게 경계선이 그어졌다. 안방과 문간방이 서로 다른 냄새를 풍겼다. 간혹 주말에 아이들이 집에 오면 경계선이 무너지기도 했다. 딸애는 고등학생이 되면서 큰누나를 닮아갔다. 눈 속에 주님만 찾는 애정이 보였다. 무서웠다. 딸애가 전도사를 닮아가는 것이 순간순간 두려웠다. 사무실에 데리고 가서 내 직업에 대해 이해할 수 있도록 설명했다. 딸애는 듣는 둥 마는 둥 고개만 끄덕였다. 표정은 냉랭하기만 했다. 딸애는 결심하듯 얼굴이 굳어지더니 선언하듯 말했다. 아빠, 나 신학 대학에 가야겠어. 내 온몸이 딸애 얼굴보다 더 굳어졌다. 입안이 바싹 마르며 머릿속이 충격으로 부서지는 듯했다. 아이들에게 아버지로 있고 싶었다. 하지만 딸애는 함께 교회 가서 예배드리는 아버지를 원했다. 오랫동안 교회를 떠난 나로서는 교회가 낯설게 느껴졌다. 간혹 기도하는 딸애 목소리에서 울먹이는 소리가 섞여 나왔다. 엄마가 불쌍해. 아들마저 나에게 애원하듯 부탁했다.

큰누나 문자를 다시 본다. 어이가 없네. 울컥, 온몸을 부르르 떨게 하는 원통함이 가슴 깊숙이에서 솟구친다. 그리고 허탈감이 밀려온다. 아침 거리를 비틀거리며 정처 없이 돌아다닌다. 토하고 싶은 말들이 많다. 그러나 말들이 목에 걸려 있다. 아침 거리에 햇살이 조금씩 찾아온다. 곧 많은 사람들이 붐빌 거리에서 외치고 싶다. 나는 어떻게 살았지? 누군가에게 무작정 묻고 싶다. 하지만 대답은 없을 것이다. 이리저리 비틀거리며 걸어 다닌다. 순간 포커 게임 후유증인지, 큰누나 문자 때문인지, 길 건너에 갑자기 나타난 교회 십자가 때문인지, 당뇨병 저혈당 증상인지, 현기증이 심하게 난다. 몸에서 기력이 사라지며, 눈앞이 새하얗게 변한다. 어느 카페 담벼락에 기대어 주저앉는다. 담벼락을 붙든 오른손 바닥이 무엇인가에 찔린 듯 따갑게 아프다. 아픔이 번개처럼 퍼졌다. 봄바람이 온몸을 감싼다. 바람과 아픔에 겨우 눈을 살포시 떴다. 눈앞에 새빨간 장미꽃들이 바람에 살랑이고 있다. 햇살이 잎사귀 사이로 조용히 내려앉는다. 바람결 따라 햇살이 넘실거리며 꽃잎 위로 퍼진다. 꽃잎들 위 이슬이 햇살 따라 영롱하게 반짝인다. 천사들의 보석처럼 영롱하다. 숨이 막힐 정도로 빨갛다. 순결하게 빛나고 있다. 바람결 따라 흔들리는 햇살에 담긴 장미 꽃잎들이 찬란하다. 시공을 초월하는 순결함이 나의 눈 속으로 스며든다. 눈이 너무 시려 감히 쳐다볼 수 없다. 알 수 없는 부끄러움과 초라함이 눈가를 적신다. 빨갛다. 아름답게 빨갛다. 온 하늘과 땅을 덮을 만큼 빨갛다. 영겁의 시간 동안 장미는 변함없이 빨갛다. 햇살과 바람이 언제나 장미 곁에 있는 동안은. 몇 분간 나는 그들과 함께 머문다. 깊게 숨을 쉬어본다. 바람과 햇살은 나에게도 언제나 머물고 있다. 나는 그 사실을 몰랐다. 그리고 너무 빠르게 그 사실을 잊어버렸다.

찰카닥, 문이 열린다. 사뿐사뿐 아내 발소리가 들린다. 언제나 들을 수 있는 소리다. 사뿐사뿐 저 소리에 가슴이 또다시 답답해진다. 얼굴에 열이 솟구친다. 발자국 소리가 가까이 올수록 온몸이 더욱 뒤틀린다. 이 집에서 아내 발소리를 쫓아내고 싶다. 어떤 수단을 쓰던지 저 소리를 없애야 한다. 내 냄새와 내 소리만이 이 집에 가득 차야 한다. 잔인한 조커로 변해야 저 소리를 없앨 수 있다. 탁자 위에 놓여 있는 유리컵을 잡는다. 손에 꽉 힘을 준다. 아내는 나를 보면서 부엌 쪽으로 걸어간다. 언제 왔어요? 아침은 드셨어요? 아니면 뭐 마실 거라도 드려요? '겨우 기도로 울먹이는 눈물을 감출 수 있겠지.' 아내가 가소롭다. 나는 소파에 기대 아내를 삐딱하게 째려본다. 5월 햇살이 아침부터 거실을 가득 채운다. 맥주 한 병 가져와. 아내는 놀란 듯 바라본다. 주여. 아내는 입을 굳게 다물며 외친다. 어서 가져와. 내 목소리는 울화로 가득 차 있다. 아내의 주님을 짓밟고 싶다. 포커 게임 하듯이. 조금 쉬었다가 출근하세요. 단호하게 말한다. 쥐고 있던 유리잔을 거실 바닥에 내팽개친다. 가져오라면 가져와. 쨍! 시간이 무참하게 깨진다. 유리컵이 산산이 부서지며 알알이 거실 바닥으로 흩어진다. 햇살이 유리 파편마다 스며든다. 유리 파편들이 어지럽게 반짝인다. 그것들이 나를 어지럽게 만든다. 유리 파편에 박힌 햇살들이 뇌 속에 폭발물처럼 채워진다. 나는 언제 터질지 모를 화약고로 변한 것이다. 아내가 맥주를 가져온다. 아내 손목을 힘껏 당겨 옆에 앉힌다. 아내는 계속 '주여'를 외치고 있다. 나는 맥주를 병째 들이켠다. 속이 짜릿해진다. 아내의 어깨를 꽉 잡고 병을 내밀며 말한다. 마셔봐. 아내는 버둥거리며 나를 밀쳐낸다. 여보, 여보. 울음 섞인 목소리가 단말마처럼 들린다. 큰누나가 당신을 위해 이혼하라고 그러더군. 당신이 원한다면 하세요. 기도하는 목소리로 말한다. 아내 목소리가 내 머릿속 화약고를 건드렸다. 온몸이 꽝 터지는 듯하다. 너도 속으로 원하고 있는 거 아냐? 아내 입안으로 맥주를 억지로 들이붓는다. 여보, 여보, 제발. 아내는 간절히 외친다. 나는 아내의 스웨터를 찢어버린다. 아내의 울음이 터져나온다. 버둥거리는 아내를 짓누른다. 아내의 속옷을 벗기려고 힘껏 잡아당긴다. 아내는 고개를 흔들며 발버둥친다. 퍽!
아내의 이마가 테이블 모서리에 부딪힌다. 왼쪽 눈 위가 찢어
졌다. 아내 얼굴에 피가 퍼진다. 붉게 흘러내린다. 햇살은 유
리 파편마다 반짝이며 어지럽게 퍼진다. 이때 전화벨이 울린
다. 멈칫하는 순간 아내가 벌떡 일어나 전화를 받는다. 수진
이니? 아내는 활짝 웃으며 흐트러진 옷매와 머리를 가다듬는
다. 단말마 같은 울음이 얼굴에서 사라졌다. 훈훈한 목소리로
딸애와 통화한다. 유리 파편 속 햇살이 나를 날카롭게 찌른
다. 아니야. 아빠와 다정하게 커피 한잔하며 너희들 얘기하고
있었어. 아내의 웃음이 바람결 따라 거실을 넘실거린다. 아내
의 웃음이, 다정한 목소리가 너울처럼 나에게 밀려온다. 숨
막힐 듯이 온몸이 조인다. 머릿속 뇌가 굳어져버린다. 아내
얼굴에 웃음이 가득 퍼져 있다. 웃음 사이로 핏물이 곱게 번
진다. 내가 기억할 수 있는 아내의 모습인가? 장미 꽃잎처럼
얼굴에 핏물이 피어난다. 소름끼칠 정도로 예쁘게 퍼진다. 너
무 늦어버린 이때에 첫 기억으로 남으면서. 응, 그러자. 주말
에 아빠와 함께 영화 보러 가자. 아빠도 시간 될 거야. 아내는
볼에 흐르는 피를 살포시 닦고 웃으며 나를 바라본다. 핏물이
예쁘게 햇살에 반짝인다. 아내 얼굴이 장미꽃처럼 순결하게
빛난다. 순간 아내가 가증스런 조커로 보인다. 아니, 딸의 엄
마로 보인다. 그런 아내가 무섭다. 어떻게 이 집에서 살아갈
수 있을까? 눈앞이 캄캄해진다. 아무것도 보이지 않는다. 허

우적거려도 손에 잡히는 것이 아무것도 없다. 여전히 아내 웃음소리가 온몸을 조여온다. 응, 요즘 아빠는 교회 열심히 다녀. 아내의 거짓말이 가증스런 베팅이다. 아내는 잔인한 조커가 되었다. 속으로 '다이'라고 울부짖는다. 게임을 끝내야겠다. 딸애 이름을 불러본다. 하지만 굳어버린 혀에서 소리가 나지 않는다. 입술조차 움직이지 않는다. 딸애 이름을 부를수 없다. 버틸 만한 기력이 전혀 없다. 나는 허무하게 무너진다. 마음에 담을 것이 허무밖에 없다. 베란다 문을 활짝 열어젖힌다. 봄바람이 휘몰아친다. 바람이 가득 찬 더 넓은 하늘로 나는 걸어간다. 한없는 하늘이 나를 품어줄 거다. 나는 날고 싶다. 그렇지 않으면 온몸이 갈기갈기 찢어질 것 같다. 십층 아파트는 내가 날기에 너무 낮다. 여보! 아내의 비명이 짧은 여운을 남긴다.

1995년의

결

빛이 있다. 가로등 불빛이다. 눈이 부시다. 나는 불빛 속에 머문다. 유난히 밝다. 고개를 들어 가로등을 본다. 불빛이 눈을 찌른다. 눈 속이 살짝 아프다. 빛 밖에는 어둠이 깔려 있다. 몇 분간 아파트 통행로 어둠 속을 걸었다. 어둠 속에서 계단을 내려오며 발을 헛디디곤 했다. 마음이 급한가? 가로등이 보였다. 매일 왕래하는 길목인데 왜 가로등을 몰랐을까? 놀라움이 앞선다. 발이 움직이지 않는다. 가로등 불빛 아래 잠시 머물고 싶다. 가을바람에 불빛이 나부낀다. 걸어온 계단과 시멘트 길을 바라본다. 어둠에 묻혀 있다. 가로등 불빛 아래 밤 여덟시가 지나가고 있다. 불빛 테두리가 뚜렷하게 발아래 그려진다. 나는 불빛에 갇혔다. 하지만 기분이 좋다. 손을 들어 불빛 밖 어둠을 만져본다. 바람이 손에 잡힌다. 불빛 안이나 어둠 속이나 바람결은 언제나 같다. 팔 년째 사는 아파트다. 가을밤 가로등의 불빛을 오늘 처음 느꼈다.

가로등 옆에 무궁화나무들이 울타리 쳐져 있다. 빛 그림자가 무궁화 잎사귀에 너울거린다. 빛이 너무 그리울 때가 있었다. 어느 한때의 기억이었다. 그간 기억에서 꺼내지 않았다. 잊고 싶었을 뿐이었다. 이 아파트로 이사 오기 전의 사건이었다. 갑자기 머릿속이 하얗게 된다. 하지만 그때의 어둠을 기억해야 한다. 고개를 들어 불빛을 보며 깊게 숨을 들이쉰다. 어둠이 깔린 시멘트 블록이 보인다. 친구가 떠오른다. 발걸음을 어둠속으로 내디딘다. 어둡지만 걸어야 한다.

친구의 목소리는 전화 속에서 낮고 느리게 들렸다. 말꼬리가 떨리는 듯했다. 군인답게 크고 절도 있는 평소 목소리가 아니었다. 이 년 만에 듣는 친구 목소리였다. 창밖 서쪽 하늘은 두근거릴 정도로 붉었다. 모처럼 핸드 드립 커피 내음에 젖어 있었다. 퇴근 전 십여 분의 여유가 커피 속에 녹아 있었다. 서류 뭉치를 정리한 책상 위는 깨끗했다. 친구의 전화는 뜻밖이었다. 오랜만이네. 잘 지냈나? 너도 잘 지냈어? 서쪽 하늘 노을은 점점 짙게 물들어갔다. 눈길을 돌릴 수 없었다. 이 시각에 어울리지 않는 친구 목소리였다. 친구는 나를 만나고 싶다고 강하게 말했다. 그 말을 할 때는 절도 있는 목소리로 변했다. 언제나 들어왔던 씩씩한 목소리였다. 다음 주

토요일이 좋겠어. 그동안 처리해야 할 업무가 있어. 좀 더 빨리 만날 수 없나? 내 말이 끝나기도 전에 친구 목소리가 다급하게 울렸다. 그때 커피 내음이 콧속 깊이 스며들었다. 콧등이 시큰했다. 이번 주 일요일 밤 아홉시에 우리가 잘 가던 대학로 말걸릿집에서. 전화를 끊자 서쪽 하늘에 어둠이 밀려오는 듯했다. 잠깐 사이 노을은 사라져버렸다. 친구의 모습이 어둠 속에서 어른거렸다. 하지만 친구 모습이 또렷하게 떠오르지 않았다. 아, 내가 친구를 잊고 있었나? 스스로 당혹스러웠다. 그간 친구를 잊을 정도로 바빴나? 문민정부 이 년 동안 나는 피해자 신분에서 벗어났다. 나는 놀랄 정도로 빨리 세월의 상처에서 회복되었다. 말걸릿집이 생각나면서 친구 모습이 되살아났다. 장교 제복을 입은 친구가 머릿속에 떠올랐다. 군복은 늘 친구에게 어울렸다. 친구가 입고 있으면 어떠한 군복이든 멋지게 느껴졌다. 입고 싶은 유혹까지 받았다. 군복으로 보이지 않고 유행하는 패션처럼 보였다. 젊은 시절, 친구는 진급할 때마다 나에게 장교 제복을 입혔다. 친구처럼 늠름한 모습이 거울에 보이지 않았다. 군복을 입은 모습이 마치 노숙자 행색 같았다. 나에게 어울리는 군복은 없었다. 내가 군복을 입자 군복이 추레해졌다. 특히 장교복을 입은 친구는 유난히 빛났다. 어떠한 군복을 입든 친구가 있는 장소는 환했다. 또한 어떠한 장소든 군복을 입은 친구는 그 장소에 어울렸다. 군복뿐만이 아니었다. 친구는 중고등학교 시절, 교복이나 운동복을 입어도 어울렸다. 학교에서는 거의 운동복 차림이었다. 당당하게 입고 다니는 걸음걸이가 패션모델처럼 보였다. 나는 교복이나 운동복을 입고 거울 앞에서 친구의 걸음걸이를 흉내 냈다. 추레했다. 나에게는 교복이나 운동복이 어울리지 않았다. 키나 몸매는 친구와 비슷했다. '나는 어울리지 않아.' 고민이 뒤따를 뿐이었다. 친구와 함께 생활하면서 고민은 쉽게 지워지지 않는 열등감으로 변했다. 고민이 열등감으로 변할 줄은 몰랐다. 열등감 때문에 내가 법대에 지원했을까?

고교 시절 진학 상담을 할 때였다. 친구의 대답은 한결같았다. 언제나 목청 높이 군인이 되겠다고 했다. 전혀 이상하지 않았다. 그의 입엔 이순신 장군이 늘 붙어 있었다. 장군을 존경한다고 했다. 장군을 닮고 싶다고 했다. 친구는 이순신 장군에 대한 온갖 책들을 읽었다. 이순신 장군에 대해서만큼은 확실하게 100점이었다. 임진왜란, 한산대첩, 옥포대첩, 명량해전, 노량해전 등 전투마다 이순신 장군이 어떻게 지휘하고 작전을 펼쳤는지 세세하게 알았다. 마치 자기가 이순신 장군인 듯 어깨를 으쓱이며 얘기했다. 이순신 장군에 대해 얘기할 때 친구는 마냥 행복해했다. 나는 친구가 읊는 『난중일기』에 귀가 기울여졌다. 『난중일기』는 내 가슴을 울컥하게 만든 시였다. 친구와는 중학교 1학년 때부터 단짝이었다. 같은 중학교, 같은 반, 같은 동네. 고등학교까지 육 년을 그렇게 지냈다. 친구는 이순신 장군에 대해 얘기할 때 외에는 말수가 많은 편이 아니었다. 오히려 내가 조목조목 따지듯 얘기를 많이 하는 편이었다. 친구네는 피난민이었다. 친구 부모의 고향이 황해도였다. 친구 아버지는 피난 와서 국군에 자진 입대했다. 친구가 세 살 때였다. 친구 엄마가 울면서 말렸지만 친구 아빠는 묵묵히 입대했다. 공산군과의 전투에서 왼쪽 팔과 눈을 잃었다. 친구의 아버지는 제대 후 헌책방에서 검은 안경을 끼고 오른손으로만 묵묵히 일했다. 친구는 가끔 아버지를 쳐다볼 때나 6·25전쟁 얘기가 나오게 되면 입을 꽉 다물고 눈을 부릅떴다. 나는 친구와 헌책방을 자주 들락거렸다. 하지만 한 번도 친구 아버지가 환하게 웃는 모습을 보지 못했다. 친구가 육군 사관 학교에 입학했을 때, 그리고 장교 임관식 때 비로소 친구 아버지가 웃는 것을 봤다. 그때 친구 아버지 웃음에 눈물이 번지는 것을 봤다.

　중학생 시절 장기 자랑 시간 때 친구는 '전우의 시체를 넘고 넘어'로 시작되는 군가를 불렀다. 교실 여기저기에서는 웃음이 터졌다. 선생님은 웃음 끝에 친구에게 물었다. 왜 이 노래를 부르지? 아버지가 좋아하는 노래입니다. 급우들이 한바탕 웃음 끝에 앵콜을 외치자 '아, 아, 잊으리. 어찌 우리 그날을'로 시작되는 6·25 기념 노래를 비장하게 불렀다. 그 후에 우리 반에서는 군가가 유행가처럼 불려졌다. 친구는 어릴 적부터 군인의 길을 가야 했다. 아버지가 원했기 때문이다. 아니 스스로 군인이 되고 싶어 했다. 빨갱이 때문에 우리 아버지가 상이용사가 됐어. 빨갱이 때문에 우리는 피난 와서 이렇게 가난하게 살고 있지. 배급 받으면서 말이야. 우리 가족은 고향을 잃어버렸어. 나는 아버지 고향을 되찾아주고 싶어. 나라를 지키기 위해서는 막강한 군대가 필요해. 그런 말들을 할 때는 친구 얼굴이 비장해졌다. 가끔 이를 갈면서 으르렁거렸다. 그런 친구 행동에 나는 깜짝 놀라곤 했다. 고등학교 시절 친구가 이순신 장군을 존경하게 되면서 스스럼없이 나온 말들이었다.

혜화동 로터리에서 택시 문을 열자, 돼지갈비 굽는 냄새가 확 풍겨온다. 그리운 냄새다. 몇십 년 만에 맡아보는지 모르겠다. 돼지갈빗집마다 밤늦은 시간까지 떠들썩하다. 얼근하게 무르익는 수다들이 정겹다. 음식점마다 웃음들이 가득하다. 세상이 환해진 것 같다. 최루탄 냄새가 사라졌다. 70년대 초에 울분을 삭이고 결기를 누르며 돼지갈비에 소주를 들이켰었다. 그 시절은 돼지갈빗집도 우리에겐 벅찼다. 누군가 향토 장학금을 받으면 우르르 몰려가서 돼지갈비 한 조각을 오랫동안 꼭꼭 씹어 먹었다. 돼지갈비가 숯불에 지글거리는 냄새를 맡으며 소주잔을 털었다. 단골로 다니던 '막내이모집' 주인아줌마는 이미 위암으로 세상을 뜬 지 오래됐다. 이제는 가슴 아픈 시절의 추억이 됐다. 서로 눈치를 보면서 마지막 남은 돼지갈비 냄새를 맡고 있으면 아줌마는 "어서 먹어. 시커멓게 타기 전에. 자, 이건 덤이야"라며 돼지갈비 서너 조각을 불판 위에 올려줬다. 눈물이 난다. 참 힘든 시절이었다. 그 시절에는 웃음이 없었다. 울분을 삭이는 한숨이나 흐느끼는 소리만이 가득했었다. 아직 최루탄 냄새가 배어 있는 교련복을 입고서 말이다.

동숭동 대학로가 새롭게 단장되었다. 허름했던 거리 풍경이 화려하게 변신했다. 무채색 거리가 울긋불긋 네온사인으로 그려졌다. 왠지 어색하다. 학림다방만 반갑게 나를 맞이한다. S대학 의과대 담벼락엔 온갖 연극 포스터가 붙어 있다. 문민정부 들어서 매우 활기차게 변했다. 여기가 최루탄으로 가득 찼던, 우리가 절규했던 대학로인가? 몇 년간 하숙했던 명륜동 시장 골목이 보인다. 어둡던 골목 밤길이 카페 불빛들로 환하다. 주머니 속 푼돈을 만지작거리며 소주 한잔 곁들여 튀김을 사먹었었다. 어깨가 매우 무거웠던 젊은 시절이었다. 친구와 만나기로 한 막걸리 주점은 동숭동 옛 S대학교 문리대 뒷골목에 있다. 변해버린 거리에서 유일하게 쉽게 찾는 주점이다. 내가 재수 후 법대 입학했을 때 축하한다고 친구와 함께 간 첫 술집이었다. 그 후 친구와 만날 때마다 말걸릿집에 갔었다. 친구는 아주 기뻐했다. 역시 내가 권한 대로 법대에 갔구나. 고등학교 3학년 진학 상담 때 친구는 나에게 법대를 권했다. 나는 네가 부러워. 말도 조리 있게 잘하지. 글도 잘 쓰고, 영어도 잘하고. 너는 여러 모로 법관이나 검사가 될 자격이 충분해. 나는 놀랐다. 친구가 나를 부러워하는지 몰랐다. 친구는 가끔 나에게 어려운 영문을 번역해줄 것을 부탁했다. 친구는 진지하게 말했다. 나는 힘으로 나라를 지킬 테니 너는 법으로 애국하는 법관이 되렴. 왠지 친구 말이 귀에 들어오지 않았다. 경제 성장 중인 나라에서 기업을 하고 싶었다. 나는 친구의 권유를 듣지 않고 상과대학을 지원했다가 불합격했다. 재수하는 동안 친구는 계속 법대를 권했다. 부럽다는 친구의 말이 가슴에 와닿았다. 친구는 막걸리를 가득 부어 건배를 청했다. 나는 군인, 너는 법관. 이 나라를 위해 우리는 함께 쌍두마차를 타고 달리자. 친구는 구국 전사처럼 흥분했다. 나는 고맙다는 말만 하고 친구의 축하 웃음과 막걸리 잔을 받아 마셨다. 그때가 1970년 유신 체제 전이었다. 아직 대학로는 최루탄으로 뿌옇게 뒤덮이지 않았었다.

대학 생활 중 친구를 만날 때마다 함께 막걸리 주점에 들렀었다. 하지만 우리는 고등학교 시절의 우정만을 지켰다. 70년대 초 유신 정국은 우리 사이를 어색하게 만들었다. 나의 청년기는 민주주의에 대한 정의가 필요했다. 유신 체제나 학생운동 등에 대한 애기는 일절 나누지 않았다. 그 시절 대학로 마로니에는 나를 뜨겁게 만들었다. 강의실에서 법전만 뒤적일 수는 없었다. 법전과 다른 세상이 나를 최루탄으로 뒤덮인 대학로로 내몰았다. 어머니의 걱정스런 전화는 거의 매일 왔지만, 건성으로 "예, 예" 대답만 했다. 내 이름이 학생 운동권 리스트에 올랐고, 밤낮으로 미행당하고 감시받는 추격전이 벌어졌다. 졸업은 이 년이나 미뤄졌고, 그동안 관록 있는 학생 운동가로 변신했다. 종로경찰서 유치장을 내 집 안방처럼 들락거렸다. 안가라는 곳도 갔었다. 친구는 만날 때마다 안타까운 표정만 지었다. 그 시절에 친구가 나에게 할 수 있는 일이란 걱정스런 한숨뿐이었다. 친구가 장교에 임관됐을 때 나에게 첫말을 던졌다. 걱정 마. 이제부터 너를 도와줄 수 있을지도 몰라. 군인이 아닌 친구로서의 말이었다. 하지만 나는 친구를 어정쩡하게 보내야 했다. 친구가 입은 장교 제복이 눈에 아주 거슬렸다. 오직 웃고 있는 친구 얼굴에만 눈을 돌리며 축하해줬다. 그리고 친구 아버지의 눈물을 바라보며 친구 아버지의 행복을 빌어줬다.

동숭동 골목은 언제나 어둡다. 골목 안을 기웃거리다 겨우 막걸리 주점 LED 입간판을 발견한다. 오래됐다. 이혼한 둘째 딸이 이어받아 영업한 지도 벌써 십 년이 넘었다. 친구는 막걸리 주점에서 만나는 것을 즐긴다. 법대 입학을 축하하기 위해 처음 이 집에 왔을 때, 마치 제 아버지의 헌책방 분위기 같고 주인 할머니가 마치 자기 할머니 같아서 할머니 댁에 온 듯한 기분이었단다. 하지만 난 언제부터인가 친구를 여기서 만나는 것이 아주 불편했다. 최루탄 냄새가 내 옷에서 떠나지 않을 때부터인가? 아니면 친구가 장교로 임관하고부터인가? 선뜻 주점 문을 열고 들어가기가 머뭇거려진다. LED 불빛 옆에서 담뱃불을 붙인다. 불빛들이 요란하게 번쩍인다. 밤 열시가 넘은 골목은 조용하다. 늦가을 바람만 담배 불빛을 붉게 태운다.

1972년 12월 유신 헌법이 선포됐다. 김지하 시인의 「타는 목마름으로」를 우리는 매일 열창하다시피 읊조렸다. 대학로는 최루탄으로 꽉 채워진 전투장이었다. 내 목소리는 쉬어버린 지 오래였다. 어머니는 집으로 내려오라고 연일 걱정스럽게 전화했다. 친구가 밤늦게 하숙집을 찾아왔다. 사복 차림이었다. 어울리지 않았다. 함께 막걸리 주점에 앉았다. 친구 눈동자 안에 걱정이 서려 있었고, 또한 군인으로서의 명령이 함께 담겨 있었다. 친구는 앉자마자 명령조로 얘기했다. 학생운동 안 할 수 없어? 휴교 기간에 집에 가 있으면 안 되겠냐? 이렇게 운동한다고 시대의 조류를 막을 수는 없잖아? 넌 훌륭한 법관이 되는 것으로 애국해야 돼! 나는 막걸리를 들이켜며 친구를 처음으로 쏘아봤다. 이 자식아, 그런 말 할 거면 꺼져! 내 입에서 터져 나온 첫마디였다. 주점 할머니가 애처로운 듯이 우리들의 다툼을 지켜봤다. 몇십 분간 주점 안은 우리의 다투는 목소리로만 가득했다. 주점 할머니의 한숨 소리가 점점 커져갔다. 이 나라 팔자가 왜 이렇게 기구하냐? 얘들아, 그만하렴. 너희 둘 친구 아니야? 할머니 입에서 한숨 서린 사연들이 흘러나왔다. 할머니가 채 말을 끝맺지 못하고 흐느꼈다. 나는 일제 시대를, 그리고 6·25를 겪었단다. 힘든 시절을 살아가려면 친구만큼 소중한 게 없단다. 우리도 서로 부둥켜안고 울어야만 했다. 친구는 사복을 입었기에 울 수 있었다. 나는 군복을 입지 않았기에 울 수 있었다.

함께 군복을 입고 주점 문을 열고 들어섰을 때 주점 할머니는 장교와 사병이 다정하게 걸어오는 것을 보며 깜짝 놀라고 있었다. 1976년 나의 마지막 휴가 때였다. 친구는 막걸리를 마시고 싶다고 했다. 나는 생맥주를 마시고 싶었지만, 장교 제복 앞에서 저절로 "응"이라는 대답이 나왔다. 군복은 어느덧 조직 속에 나를 얽매었다. 군복의 힘은 무서웠다. 입대 후 친구가 첫 면회를 왔을 때 장교 제복에 매우 긴장됐었다. 친구로 보이지 않았다. 저절로 거수경례 자세로 팔이 움직였다. 친구가 손목을 꽉 잡았다. 나는 막걸리만 마시며 친구의 말을 열심히 들었다. 두 사람이 나라를 지키는 군인이 됐네. 주점 할머니가 말 없는 나와 혼자 떠드는 친구를 방그레 웃으며 쳐다봤다. 군복 벗으면 또 싸우는 거 아냐? 나는 혼자 마시는 기분으로 막걸리를 들이켰다. 흐려지는 시야에 친구가 흔들거렸다. 친구 혼자 말년차 사병의 군대 생활 요령을 열심히 얘기했다. 그리고 제대 후 내 생활에 대해 충고했다. 동숭동은 너무 조용해졌다. 최루탄 냄새가 그리워졌다. 군복을 벗고 싶었다. 너무 조용해졌어. 학교가 관악산으로 옮긴 이후로 울분이, 목청 높이 부르던 노래가 없어졌어. 친구 목소리보다 할머니 한숨 서린 넋두리가 귀에 더 박혔다. 더 이상 주점에 앉아 있을 수 없었다. 이제 그만 갑시다. 소대장님은 열심히 나라나 지키러 가십시오. 난 최루탄 냄새 맡으러 갈 테니. 그러자 친구가 내 손목을 굳게 잡았다. 복무하는 동안은 군인으로서 의무를 다하는 것도 애국이야. 장교의 목소리로 명령했다. 나는 마지막으로 친구에게 거수경례를 했다. 군복을 입은 자세로. 친구의 견장에서 중위 계급장이 반짝였다.

주점에 들어선 친구는 하계 정복 차림이었다. 소령 계급장이 견장에 달려 있었다. 서로 못 보던 삼 년 사이에 친구는 영관급으로 진급했다. 군복을 입고 오지 않길 바랐다. 사복 차림의 친구를 위로해주고 싶었다. 깨끗이 면도한 턱선은 불빛에 유난히 반질거렸다. 하계 훈련을 했는지 구릿빛 얼굴이었다. 눈빛이 예전보다 더욱 깊어졌다. 눈동자에 흔들림이 없었다. 주점 할머니는 퇴행성 관절염 때문에 계산대 의자에서 꼼짝할 수 없었다. 하지만 우리를 찬찬히 보며 흐뭇하게 웃는 얼굴은 여전했다. 틀니를 끼었는지 발음이 많이 샜다. 사십대 초반쯤으로 보이는, 몸매와 얼굴이 할머니를 꼭 닮은 여성이 막걸리와 순두부를 가지고 왔다. 우리 둘째 딸애야. 내가 몸이 불편하다고 도와주러 나왔어. 아직도 썰렁해. 옛날 문리대 법대 있을 때가 그리워. 의대생이나 환자들, 방송통신대 덕분에 가끔씩 붐비곤 하지. 옛날이 그립지? 미라보 다리도, 세느 강이라 불렀던 대학천도 다 사라졌어. 옛 문리대 건물 앞에 덜렁 마로니에만 남아 있단다. 모처럼 일찍 와서 대학로를 거 닐었다. 미라보 다리와 세느강의 흔적은 복개돼 사라져버렸 다. 간혹 띄엄띄엄 연극 포스터가 붙은 건물들이 보였다. 낯 설었다. 추억을 끄집어낼 수 없었다. 오히려 화가 났다. 내 젊 음을 송두리째 지워버린 듯했다. 더 열심히 독재 세력과 싸워 야겠다는 오기가 생겼다. 친구를 위해 울분을 참기로 했다. 대학로에 오고 싶지 않았다. 며칠 전 친구에게 광교 쪽에서 만나자고 전화했었다. 친구는 막걸리 주점에서 위로받고 싶 다고 했다. 거긴 아버지 헌책방 같잖아. 그곳에서 아버지 명 복을 빌고 싶어. 고등학교 동기회 총무를 통해 소식을 들었지 만 친구 아버지 장례식에 참석할 수 없었다. 강제 철거민들을 위한 변론이 있었기 때문에 거제도까지 내려가긴 힘들었다. 친구에게 애도의 전화를 걸었다. 친구 목소리는 매우 침통했 다. 철거민을 위한 재판이 더 중요하다 생각했다. 친구 아버 지를 떠올리며 조용히 명복을 빌었다. 친구는 아버지를 위해 장례식을 성심껏 치를 것이다. 하지만 철거민들에게는 내 변 론이 절실하게 필요했다. 그들은 하루하루가 다급했다. 친구 잔에 막걸리를 정성스럽게 가득 부었다. 미안하다. 좋아하고 존경했던 네 아버님 마지막 가시는 길을 보지 못해서. 하지만 아버님에게는 너 같은 훌륭한 효자 아들이 있잖아. 친구 눈동자가 깊숙이 반짝였다. 친구는 막걸리를 단숨에 들이켰다. 친구는 잠시 물기 어린 눈으로 나를 지긋이 바라봤다. 장하다, 친구야. 훌륭한 인권 변호사답게 제대로 일을 하는구나. 아버지도 그런 너의 행동을 기쁘게 생각하실 거야. 친구 목소리가 당당하게 들렸다. 막걸리를 마실수록 친구 눈동자는 더 깊어지고 더 반짝였다. 입술 언저리에 주름이 깊게 패면서 또박또박 묵직하게 말을 이어갔다. 나는 아버지 모습을 가슴에 담고서 이 나라를 지킬 거야. 두 번 다시 6·25 같은 비극이 일어나지 않도록 말이야. 통일을 위해서라면 내 한 목숨 기꺼이 던질 거야. 아버지와 이순신 장군의 혼을 내 가슴에 깊게 품고서 군인의 길을 당당하게 걸어갈 거야. 친구는 나를 찌를 듯이 쳐다보며 잔에 찰랑거릴 만큼 막걸리를 부었다. 넌 올곧은 품성으로 이 나라를 잘사는 민주 국가로 만들렴. 믿는다, 친구야. 주점 할머니가 궁금한 듯 우리를 힐끔힐끔 쳐다봤다. 주점 안에는 우리뿐이었다. 분위기가 심상찮은데 무슨 일이냐? 친구는 할머니의 물음에 더듬거리며 대답하더니 결국 흐느끼기 시작했다. 친구는 눈물을 급하게 닦으며 더욱 눈을 부릅떴다. 6·25전쟁이 많은 비극을 만들었구나. 나 같은 신세도 만들었고. 온갖 눈물 섞인 사연들이 곳곳에 널려 있어. 너희 두 사람처럼 운명적으로 만나기도 하고. 할머니 입에서 긴 한숨이 새어나왔다. 맞아, 6·25가 아니면 난 너를 못 만났을 거야. 아버지는 고향인 황해도에서 건강하게 교편생활을 했을 테고, 나는 남쪽 바닷가로 내려갈 이유가 없지. 나는 고향에서 내 적성에 맞는 직업을 가졌겠지. 거꾸로 내가 군인이 되고, 너는 인권 변호사가 됐을까? 나도 모르게 눈언저리가 뜨거워졌다. 할머니 입에서 저절로 옛날 가요가 흘러나왔다. 노래는 「단장의 미아리고개」인 듯 했다. 노래는 나지막하면서도 처연했다. 주점 안에 조용히 흐느끼는 소리가 퍼졌다. 그날 밤은 매우 깊었다.

고등학교 졸업 20주년 홈커밍데이 때였다. 모처럼 맡은 고향 바다 갯내음이 내 가슴을 아프게 휘저었다. 고향에 오고 싶지 않았다. 괜한 투정일 수 있지만, 아픈 기억을 끄집어내기 싫었다. 고향 바다를 보면 또 울분이 커질 것 같았다. 친구가 끈질기게 전화했다. 홈커밍데이에 함께 참석하자고. 친구의 제복이 보기 싫었다. 친구를 만나고 싶지 않았다. 하지만 고향이 그리웠다. 친구에게 전화가 올 때마다 거절했다. 고교 시절 친구는 정겨운 추억으로 아련하게 남아 있다. 5공 시대 초, 동네 입구에 '축 최희용 사법고시 합격'이라 적힌 플래카드가 태극기 휘날리듯 걸려 있었다. 동네에선 큰 경사였다. 삼수 끝에 붙은 사법고시였다. 부모님뿐만 아니라 집안 어른들, 동네 어른들, 모교 선생님들, 친구들이 축하 인사를 아끼지 않았다. 집안 어른들은 검사가 되길 원했다. 친구는 나에게 판사가 되기를 권했다. 넌 판사가 되어 억울한 민심을 풀어줘. 사법고시 성적도 우수했고 연수 기간에도 열심히 한 덕분에 상위권 성적을 취득했다. 하지만 분하게도 판사나 검사 임명장을 받을 수는 없었다. 뜻밖의 통보였다. 운동권 출신이라는 경력이 또다시 분루를 삼키게 했다. 가장 정당해야 할 사법부에서 치명적인 불법이 행해졌다. 나에게는 통탄할 사건이었다. 항의도 소용없었다. 나는 인권 변호사의 길을 택했다. 군복을 찢고 싶었다. 친구를 지우고 싶었다. 막걸리 주점에서 만나자는 친구의 끈질긴 전화도 계속 거절했다.

오랜만에 고향 바닷가에서 고등학교 동기들과 함께 먹은 생선회와 소주가 내 마음을 느긋하게 풀어줬다. 친구는 군복을 입지 않았었다. 동기들은 내가 판검사에 임용되지 못한 사연을 듣고 통탄했다. 친구는 누구보다 더 내 눈치를 보며 술을 계속 권했다. 희용이는 앞으로 더 큰일을 할 친구야. 내가 어떻게든 훌륭한 법률가가 되도록 후원할 거야. 우리나라에서 희용이만큼 양심이 깨끗한 법률가는 없을 거야. 친구는 개그맨 같은 몸짓을 하면서 나를 달래주려 했다. 그 후 나는 그저 고등학교 동기로만 생각하자고 다짐했다. 친구와 만나야 할 이유가 없었다. 계속 만나자는 전화가 왔지만 바쁘다는 핑계만 댔다. 보름 전 동기회 총무의 전화를 받았다. '김태룡 동기 부친상'. 친구 아버지만은 내 가슴에 남아 있는 아련한 추억이었다. 친구로서 고인의 명복을 빌어줘야 했다.

1987년 봄날은 유난히 뜨거웠다. 나는 한 후배의 고문치사 사건으로 봄을 즐길 여유가 없었다. 벚꽃이 만발했지만 그 향기를 맡을 수 없었다. 더러운 냄새가 온 거리에 진동했다. 언제부터인가 나는 마치 첩보 영화 주인공처럼 하루하루 미행당하며 살았다. 어느 날, 그렇게 영화 찍듯이 쫓기다보니 대학로에 접어들었다. 방송통신대학 쪽이었다. 그림자는 질기게 나를 쫓아다녔다. 지친 걸음에 저절로 막걸리 주점 문을 열고 들어갔다. 저녁 무렵 봄날 햇살은 주점 골목에서 쓸쓸하게 흩어지고 있었다. 그림자도 주점 안으로 들어왔다. 이미 일상이 된 일이라 놀라지도 않았다. 할머니 딸이 놀란 듯 나와 그림자를 바라봤다. 저녁의 주점은 아직 온기가 없었다. 나는 막걸리를 시원하게 들이켰다. 지친 다리가 확 풀렸다. 친구에게 전화했다. 놀란 친구는 한 시간도 되지 않아 주점 문을 열고 들어왔다. 전투복 차림으로 군화 소리를 높인 채 씩씩하게 주점 안으로 들어왔다. 그동안 나는 막걸리를 홀짝거리며 재미있게 그림자놀이를 했다. 뜻밖의 호출에 친구는 매우 놀라워했다. 친구가 앉자마자 나는 화풀이부터 했다. 이것이 민주 국가에서 군인들이 나라를 지키고자 하는 행동이냐? 주점 안은 내 목소리로 가득 찼다. 모두 놀란 얼굴로 나를 쳐다봤다. 그림자는 슬그머니 주점에서 사라졌다. 그림자가 사라지니 더 이상 친구랑 있을 이유가 없었다. 고맙다는 말만 던지고 일어서자 친구가 내 손을 꽉 잡았다. 지금 네 심정은 알겠지만 과도기에는 언제나 부작용이 있는 법이야. 군인이건 법률가건 함께 나라를 지켜나가기 위해 여러 방법을 모색하는 것도 좋잖아. 너와 나는 여기서만큼은 단짝 친구잖아. 그 사건에서 손 뗄 수는 없겠냐? 친구는 정색하며 나에게 물었다. 나는 그저 막걸리로 부글거리는 속을 삭혀야 했다. 요즘 자주 오네요. 할머니의 딸이 분위기를 풀기 위해 한마디 거들었다. 요즘 시국이 시국인 만큼 이렇게 자주 오게 되네요. 할머니 건강은 어때요? 친구가 딴전을 피웠다. 폐렴이 심해 좋지 않으세요. 친구는 친구로서 나에게 막걸리 잔을 건넸다. 나는 아직 장난기가 남아 있는 콧등을 보며 잔을 받았다.

어린 후배는 나처럼 요령 있게 고문을 이기는 방법을 몰랐다. 그 때문에 어린 후배는 죽었다. 나는 어떻게 고문을 이길 수 있는지 어린 후배의 혼에게 알려주고 싶었다. 그것이 내가 알고 있는 바른 길이었다. 나에게도 고문은 언제나 고통스러웠다. 고문을 왜 받는가? 항상 의문투성이였다. 나는 인권 변호사였고 내 일에 충실할 뿐이었다. 어느 장소에서든 그림자는 바뀌었고, 그는 나를 죽이려는 암살자 같았다. 고문도 이력이 붙으니 요령이 생겼다. 요령은 내 마음의 오기였다. 그림자를 응시하며 어금니가 부서질 정도로 입을 다물고서 오기를 키웠다. 처음에는 고통에 울분이 솟구쳤다. 안가에 있어야 하는 이유를, 나를 가지고 노는 자들을 도저히 용납할 수 없었다. 억울했다. 너무 억울해서 치가 떨렸다. 울분은 오기로 변했다. 고문을 당할수록 오기는 더욱더 단단해졌다. 진정한 법을 구해야겠다고. 어금니 두 개를 잃어버리자 고문이 무섭지 않았다. 고문이 또 다른 내 일상이 됐다. 고문 덕분에 최근 몇 년간 막걸리 주점에 친구와 자주 오게 됐다. 친구는 내가 어디서 고문을 당하든 나를 쉽게 찾아냈다. 전투복을 입고 나타나 당당하게 나를 안가에서 꺼내줬다. 친구가 그림자들의 두목 같았다. 하지만 나는 다만 빛이 그리워 친구 손에 이끌려 안가를 빠져나왔다. 친구의 군복이 보기 싫었다. 1980년 남산 안가에 있었을 때였다. 몸은 너덜너덜해졌다. 친구의 손에 이끌려 안가를 빠져나와 함께 막걸리 주점에 갔다. 나는 성난 눈초리로 친구를 째려봤다. 울분을 참을 수 없었다. 나는 막걸리를 친구 얼굴에 뿌렸다. 이것이 네가 말하는 나라를 지키는 방법이냐? 군복을 벗고 착실하게 살아라! 군복 벗기 전에는 널 만나고 싶지 않아. 친구는 수건으로 묵묵히 얼굴을 닦았다. 아직까지는 반공이 우선이야. 친구는 당당하게 반격했다. 부아가 치밀어 막걸리 잔을 바닥에 내동댕이쳤다. 놀란 할머니가 우리 곁으로 와서 말렸다. 여기는 너희들의 고향이야. 아무리 세상이 변해도 어릴 적 고향 친구의 우정은 사라지지 않아. 울면 마음이 좀 풀릴 거야. 할머니가 우리 잔에 막걸리를 찰랑거리게 부었다. 나와 친구는 할머니의 권유에 막걸리 잔을 억지로 부딪쳤다. 나는 고개를 돌렸고 친구는 고개를 숙였다. 할머니와 함께 밤새 울면서 막걸리를 들이켰다. 친구는 열심히 내 입에 두부를 넣어줬다. 아직 과도기라

그래. 너 역시 새로운 법에 적응하면 안 되겠냐? 친구의 어릴
적 모습을 찾을 수 없었다. 나를 달래려고 안절부절못했다.
고개를 숙이고 친구를 보지 않았다. 우리 노래나 부를까? 할
머니가 젓가락으로 「굳세어라 금순아」를 장단에 맞춰 읊조렸
다. 친구도 따라 불렀다. 콧등을 찡그리며 목청을 높였다. 어
릴 적 나와 장난칠 때면 찡그리던 콧등이 보였다. 친구가 장
난스럽게 내 눈 속으로 다가왔다. 그나마 어릴 적 친구 얼굴
이 보여 다행이었다. 나도 함께 불렀다. 고문으로 욱신거렸던
사지가 나른하게 풀어졌다.

　우리는 1995년으로 흘러들어왔다. 어린 후배의 죽음이 6월
민주항쟁의 불씨가 됐다. 1980년대 후반 온 거리가 최루탄으
로 뒤덮였다. 나라꼴이 엉망진창이었다. 하계 올림픽은 제대
로 열 수 있을까? 하지만 올림픽은 무사히 열렸고, 군사 정권
대신 문민정부가 들어섰다. 막걸리 주점은 몇 년 전부터 아주
낯설어졌다. 할머니가 세상을 떠났다는 소식은 이미 들었다.
통나무 미닫이 출입문이 자동 유리문으로 바뀌었다. 입구에
달려 있던 청사초롱과 나무 간판도 사라졌다. 그 자리에 LED
간판이 빨간색과 파란색으로 번쩍인다. 친구는 군복을 입고
왔을까? 아니면 사복 차림일까? 늦가을 바람에 담뱃불이 흩
어져 날아간다. 손가락 끝으로 잡고 있는 담배 필터에서 뜨거
움이 느껴진다. 주점 문을 열 수 없다. 길게 숨을 쉬어본다.

친구는 왔을까? 문을 열자 예전 그 자리에 친구가 앉아 있다. 정복을 입고 있다. 실내는 크게 변하지 않았다. 통나무 식탁들이 플라스틱 식탁으로 바뀌었다. 희미한 백열등이 밝은 형광등으로 바뀌었다. 벽에는 낡은 벽지 대신 파란 페인트가 칠해졌다. 할머니가 앉아 있던 계산대에는 딸이 앉아 있다. 여종업원 한 명이 열심히 서빙을 하고 있다. 친구는 묵묵히 막걸리를 홀짝이고 있다. 침통한 표정이다. 콧등도 찡그리지 않는다. 정복을 보자 고3 아들놈이 떠오른다. 대학 진학 문제로 요즘 아내와 많이 다투고 있다. 이번 여름 끝 무렵 나에게 최후통첩을 했다. 아버지, 저는 공군 사관 학교에 가고 싶습니다. 훌륭한 파일럿 장교가 돼 이 나라를 지키고 싶습니다. 언젠가 많이 보았던 모습이었다. 낯설지 않은 느낌이었다. 아들의 눈동자 속에 결심이 서려 있었다. 아들의 몫은 이미 만들어졌다. 조용히 고개를 끄덕였다. 아들 모습에서 친구가 보였다. 마주 앉아서 친구에게 막걸리 잔을 건네고 막걸리를 정성껏 따른다. 볼이 헬쑥해지고 눈과 눈썹이 처져 있다. 훈련 때문인지 얼굴은 까맣게 탔다. 계산대에 앉아 있는 새 주인아줌마가 친구처럼 농담을 던진다. 오늘은 누가 더 수다를 떨 건가요? 그녀도 어느덧 오십대를 넘기며 차츰 주점 할머니 모습을 닮아간다. 주점 안 인테리어는 바뀌었어도, 대대로 이어온 분위기는 변함없다. 수다를 떨 필요가 없는 듯하다. 서로의 말들은 간단하게 돼 있다. 벽에 걸린 달력이 1995년 마지막 장을 장식하고 있다. 참 빠르게 달려왔다. 친구가 막걸리를 순식간에 들이켜더니 나를 찌를 듯이 쳐다본다. 친구 눈동자에서 처음 갈증을 본다. 눈언저리가 촉촉이 젖어든다. 나는 아직 나라를 위해 할 일이 남아 있어. 군인으로서 더 열심히 애국하고 싶어. 아직 군복을 벗을 때가 아닌 것 같아. 이순신 장군의 정기가 아직 내 가슴에 남아 있거든. 네가 나를 위한 변론을 맡아다오. 군복을 벗고 싶지 않아. 나라를 지키기 위해 내가 할 일이 있어. 친구의 부탁을 짐작했다. 오늘은 친구가 말할 때 묵묵히 듣기로 했다. 잠시 동안 긴 세월이 재빠르게 머릿속을 스쳐갔다. 온갖 기억들이 머릿속에서 요동쳤다. 빛을 느꼈다. 어둠을 보았다. 무궁화나무에 드리워진 그림자는 싫었다. 친구의 얼굴이 빛과 어둠 속에서 세월 따라 변신했다. 제대자 명단에 친구 이름이 보였다. 군인은 국방에만 신경 쓰면 되는 거야. 물론 군대의 사조직이 정치를 한 것은 역사적으로 오점일 수 있어. 하지만 이렇게 민주 국가로 이끌어가고 있잖아. 친구가 나지막한 목소리로 정담 나누듯 얘기한다. 혹시 듣고 싶은 음악 있어요? 분위기가 무거워 보이는지 새 주인아줌마가 한마디 거든다. 재빠르게 사이먼 앤 가펑클의 「험한 세상에 다리가 되어」가 내 입에서 튀어나왔다. 우리들을 위해 들어야 할 옛 노래 같았다. 노래가 주점 안에 퍼진다. 친구가 이야기를 멈춘다. 멜로디가 취기 따라 가슴에 스며든다. 우리는 말없이 멜로디에 젖어들며 의자에 편하게 기댄다. 우리는 젊은 시절 밤새 LP판이 찍찍거릴 정도로 이 노래를 들었었다. 친구는 눈을 꼭 감고 콧등을 찡그리며 멜로디에 맞춰 흥얼거린다. 젊은 시절 친구의 모습이 보인다. 나도 잔잔해진다. 친구 손을 오랜만에 꽉 잡는다. 내 손아귀 안에 친구 손이 느껴진다. 친구의 손마디가 단단하다. 군인다운 손이다. 오늘은 유난히 손마디가 부드럽고 따뜻하게 느껴진다. 나는 너를 위해 변론하지는 않을 거야. 이제부터 둘 다 사복 입고 이 주점에서 만나 정담이나 나누자. 물론 네 심정은 충분히 알고 있어. 하지만 군복을 벗고 사복을 입어도 충분히 이 나라를 지킬 수 있는 방법이 있어. 미안하다, 친구야. 친구 손이 내 손안에서 너무 조용하다. 떨림도, 강한 힘도 없다. 아직 친구는 눈을 감고 멜로디 끝자락에 빠져 있다. 얼마동안 우리는 지나온 세월을 음미했다. 우여곡절이 많은 긴 세월이었다. 옛 친구를 찾고 싶었다. 친구가 눈을 떴다. 친구가 일어서서 벽걸이 거울 앞에 선다. 차렷 자세로 거울 속 모습을 뚜렷이 본다. 모자를 벗었다 썼다 반복한다. 얼굴은 전투태세의 긴장된 표정이다. 친구가 또렷하게 보인다. 거울 속이든 밖이든 친구는 늠름하다. 이순신 장군도 저런 모습이었을 거야. 거울 속에 이순신 장군이 어른거리는 것 같다. 친구는 언제나 군복이 어울린다. 무궁화 두 개가 견장에서 반짝인다. 견장에 별이 빛나야 할까? 아니다. 친구는 언제나 군복을 입으면 별처럼 빛났다. 친구는 몇 분간 밀랍 인형이 된 듯 부동자

세이다. 거울 속에는 표정이 없다. 친구가 거울 속에 갇혔다. 나는 함께 갇히고 싶지 않았다. 친구를 그냥 내버려둔다. 거울 속에서 빠져나온 친구가 갑자기 "애국"을 외치며 거수경례를 한다. 엄숙하다. 다시 자리로 돌아와 앉는다. 막걸리 한잔을 단숨에 들이켠다. 눈가에 웃음이 번진다. 콧등을 찡그린다. 젊은 시절 친구 얼굴이 되살아난다. 야! 막걸리나 가득 부어라.

어처구니
없게도,

그
러
나

외할머니에게 속았다. 어처구니없게도. 볼수록 얄밉고 귀여운 외할머니다. 일 년여를 감쪽같이 속이다니. 연륜은 쉽게 연극배우로 만든다. 눈치챌 수 없었다. 외할머니는 저녁 식사를 차리며 콧노래를 부른다. 외할머니가 흥얼거리는 콧노래는 알 수 없다. 멜로디가 힙합처럼 흥겨울 뿐이다. 기분 좋게 부른다. 식탁을 차리다가 살짝 나를 보면서 말괄량이처럼 웃곤 한다. 얄밉고 귀여워서 나도 씩 웃어버렸다. 식탁 위 식사 메뉴는 할머니 손으로 차려졌다. 이제 익숙해진 식단이다. 어쩔 수 없다. 차려진 대로 먹게 된다. 이제는 저절로 식탁 위 음식에 손이 간다. 현미잡곡밥에 까만 콩조림, 물김치, 갈치구이, 양배추, 귤, 상추와 견과류가 섞인 샐러드 그리고 엄마가 보내온 곰국. 한겨울인데 채소는 풍성하다. 외할머니가 부지런하게 메가마트를 다니며 채소를 사온다. 메가마트 가는 데 이십 분이 걸려도 하루에 꼭 한 번씩 다녀온다. 철이가 없어서 식탁이 허전하다. 세 명이 함께 식사하다 한 명이 없으니 분위기가 어때? 외할머니가 눈빛을 반짝이며 또박또박 말을 한다. 썰렁하네. 대답하자마자 외할머니가 의기양양하게 깔깔 웃는다. 할머니가 깔깔 웃어도 할 말이 없다. 멋쩍게 고개를 숙이며 할머니 옆으로 가서 앉는다. 나도 모르게 습관이 된 듯 움직인다. 철이는 일 년 전 일본 유학을 가려다가 막내 외숙모에게 붙잡혀 외할머니댁에 왔다. 붙잡혀 올 때 철이 얼굴은 만신창이였다. 눈은 잔뜩 부릅떴고 입술은 어그러졌으며 숨소리는 씩씩거렸다. 제대하고 전공인 애니메이션을 더 공부하고 싶어서 가는 일본 유학인데…… 내 유학보다 할머니 돌보는 게 더 중요해? 그렇게 말했던 일 년이 지나서 일본 유학을 떠났다. 떠나기 일주일 전 들떠서 온 집 안을 돌아다녔다. 이제 해방이다. 이 지긋지긋한 창살 없는 감옥에서. 나를 바라보며 안됐다는 것인지 놀리는 것인지 생글생글거렸다. 오늘 오전에도 철이에게서 메시지가 왔다. 메시지 내용을 할머니에게 얘기하지 않았다. 의기양양하며 웃는 할머니가 얄미울 것 같았다. "누나, 할머니가 어때? 진짜 얄밉다. 할머니가. 근데 보고 싶고 외롭고 걱정된다." "여기는 걱정 말고 새로운 친구들 사귀며 열심히 공부하렴." "음식 맛은 좋은데 잘 씹히지가 않는 거 같아 입안이 허전하네. 습관이 무섭다."

카톡은 거의 매일 왔다. 해방된 기분을 느끼지 못하는 모양이다. 옆에 앉자마자 할머니에게 현미잡곡밥을 한 숟갈 떠서 먹인다. 할머니가 마다한다. 할머니가 부드럽게 웃으며 오히려 내 입속으로 현미잡곡밥을 떠 넣는다. 입안에서 현미잡곡밥이 꼭꼭 씹힌다. 현미, 율무, 조, 보리, 수수들이 고소하게 뒤섞인다. 어금니가 그것들을 고소하고 맛나게 부순다. 이것들이 일 년 만에 나를 정복했다. 감히 상상할 수 없었던 정복이었다. 할머니의 계략으로 내가 정복당했다. 일 년 전 짜증내면서 어쩔 수 없이 현미잡곡밥을 먹었다. 입에서 까칠하게 느껴졌다. 큰 어금니나 작은 어금니나 도저히 그것들을 꼭꼭 씹을 수 없었다. 처음에는 겨우 한 숟갈을 입에 넣자마자 바로 뱉어버렸다. 할머니가 찡얼대는 소리는 들리지 않았다. 싱크대로 가서 컥컥거리며 잡곡밥을 뱉었다. 할머니가 뒤에서 내 옷자락을 붙들고 마구 흔들면서 "나쁜 년, 나쁜 년" 욕설을 퍼부었다. 외할머니가 아니었다. 몰골이 마귀할멈이었다. 혀에 감기는 잡곡들은 음식이 아니었고, 독물로 여겨졌다. 혀가 부르트고, 입안이 헐었으며, 침만 가득 고였다. 서른의 나이에 처음 당하는 식생활 고문이었다. 현미잡곡밥을 매일 먹어야 했다. 맛을 느낄 수 없었다. 할머니는 현미잡곡밥을 맛나게 먹었다.

엄마, 외할머니가 요즘 이상해. 보름 동안 외할머니를 지켜보다가 엄마에게 전화했다. 뭐가 이상해? 기억력이 많이 나빠졌어. 아침에 한 일이나 말한 것들을 저녁 되면 다 잊어버려. 말투가 많이 아둔해졌어. 혼자 알 수 없는 말들을 중얼거리고. 며칠 전엔 내가 사서 냉장고에 넣어뒀던 아이스크림을 몽땅 쓰레기통에 버렸어. 아이스크림이 녹아서 부엌 바닥이 질퍽했었어. 그리고 신경질을 잘 부려. 정말 이상해. 한번 부산 내려와봐. 걱정스럽게 얘기했건만 엄마는 태연하게 들었다. 며칠 전에 통화했는데 멀쩡하시던데? 오히려 엄마가 나를 이상하게 여겼다. 일 년 전 갑작스럽게 부산에 오게 됐다. 보수동 외갓집에서 홀로 사는 외할머니와 함께 지내게 됐다. 생각지도 않았던 동거 생활이었다. 언제나 명랑한 외할머니를 좋아해서 처음에는 함께 사는 것에 부담이 없었다. 오히려 할머니 사랑을 듬뿍 받을 수 있어서 기뻤다. 부산 온 지 한 달쯤 지났을 때였다. 멀쩡하던 할머니가 이상해지기 시작했다. 아침 출근길에 마시던 콜라가 냉장고에서 사라졌다. 분명 일주일 분 콜라와 사이다를 사뒀다. 소화 불량 때문에 마시기 시작한 음료였다. 콜라를 마시면 아침부터 더부룩한 뱃속에서 트림이 나왔다. 하지만 잠시였다. 다시 더 심하게 속이 더부룩했다. 출근을 급하게 하다 보니 잠시나마 속을 편하게 하고 싶었다. 어느덧 콜라 중독자가 됐다. 콜라와 함께 먹는 마카롱 맛도 혀에 박혀버렸다. 콜라 네 캔이 없어졌다. 할머니 혹시 콜라 못 봤어? 할머니는 무슨 말인지 못 알아듣고 멍하게 나를 쳐다봤다. 처음 보는 할머니 얼굴이었다. 처음으로 할머니가 이상하다고 느꼈다. 전혀 말귀를 알아듣지 못했다. 콜라 캔은 할머니 집 바깥뜰에서 저녁에 빈 캔으로 찾았다. 할머니에게 왜 이렇게 됐냐고 물어도 고개만 절레절레 흔들었다. 하루하루 할머니가 이상해졌다. 기억력이나 행동은 딸인 우리 엄마보다 더 좋았고 재빨랐다. 우리 가족뿐만 아니라 외갓집 식구 모두 생일은 물론 태어난 시각까지 기억했고, 어디서 어떻게 태어났는지 세세히 알고 있었다. 거의 스무 명되는 외가 가족에게 일일이 생일 축하 전화를 했다. 심지어 결혼기념일, 손자 손녀들 입학 및 졸업 연도와 입학한 학교조차 기억해서 가족 단체카톡방에 일일이 격려나 축하 문자를 보냈다. 집안 대소사 날짜를 정확히 기억했다. 가끔 집에 놀러 오면 엄마보다 더 민첩하게 움직였고, 일은 더 많이 재빠르게 해치웠다. 여든 노인이라고 생각할 수 없었다. 언제나 엄마를 야단치면서 가르쳤다.

내가 역류성 식도염으로 입원했을 때, 할머니는 어김없이 서울로 올라왔다. 나를 보자 눈물을 흘리며 나를 꼭 껴안았다. 불쌍한 내 강아지. 엄마보다 더 걱정스럽게 나를 쳐다봤다. 그러곤 엄마를 보며 야단쳤다. 엄마로서 자식을 어떻게 키웠길래 이렇게 아픈 것이냐. 자식 잡을 일 있냐? 당장 세무 회계 사무실 관두게 해. 나를 애처로운 듯이 보면서 회사를 쉬라며 몸이 중요하다고 타일렀다. 역류성 식도염은 오 년간 대형 세무 회계 사무실에서 팀장으로 열심히 근무하다 생긴 병이었다. 대기업의 세무 회계 업무라 격무였다. 팀장으로서 자부심과 의무로 오 년을 버텼다. 쉽게 쉴 수 있는 자리가 아니었다. 입원하자마자 아버지도 간곡하게 휴직하라고 잔소리했다. 근육통, 관절염, 변비, 소화 불량, 위염 등 온갖 병들이 몸 구석구석에서 생겨났다. 불면증까지 밤마다 나를 괴롭혔다. 아버지가 직장을 그만두라고 잔소리를 할 만했다. 대형 세무 회계 사무실에 취직했을 때 아버지는 만나는 사람마다 젊은 공인회계사인 딸 자랑을 했다. 나도 젊은 나이에 공인회계사가 된 데에 자부심을 가졌다. 일개미처럼 일 년간 업무에만 매달렸다. 서른 명 남짓 되는 직원들 사이에서도 보이지 않는 경쟁이 심했다. 삼 년 만에 대기업의 세무 회계를 담당하는 팀장이 됐다. 집과 사무실을 시곗바늘처럼 오갔다. 보는 것은 컴퓨터 화면이나 핸드폰 화면이며 어깨가 쑤실 정도로 컴퓨터 자판을 두드렸다. 하루 중 언제나 눈이 제일 먼저 따가웠다. 다음으로 통화량이 많은 입이 아팠다. 퇴근 무렵이면 입안이 바싹 말랐다. 목이 따가웠다. 격무에 몸은 예민하게 반응했다. 하지만 어쩔 수 없었다. 자부심만큼 몸과 마음은 바빠졌고, 힘들었다. 아버지의 자랑도 한 해 한 해 줄어들면서, 내 얼굴을 걱정스럽게 보기 시작했다. 몇 번 입술을 오물거리며 관두라고 잔소리를 한 적이 있었다. 소화 불량으로 힘들어하면 부모님 얼굴에 걱정이 가득했다. 결국 입원하자마자 때 만난 듯이 아버지는 간곡하게 말했다. 직장을 관두라고. 나뿐만이 아니었다. 사무실 동료들도 나 같은 몰골이었다. 사무실 직원들은 누구나 한 가지 이상 병을 달고 다녔다. 정아가 휴우 한숨 쉬는 소리는 퇴근 직전 사무실에서 거의 매일 듣게 되었다. 책상 위에 쌓여 있는 서류만큼 휴지통에 온갖 과자 봉지와 음료수 병이 쌓여갔다. 베이글이나 마카롱은 특히 입안에서 피로를 살살 녹였다. 일과가 끝나고 마카롱에 사이다나 콜라를 마시면 휴식이 마약처럼 달콤했다. 그리고 사무실 누군가가 그날 기분 따라 번개팅을 제안했다. 컴퓨터 화면이 꺼지는 순간 목과 어깨에 통증이 느껴졌다. 번개팅으로 통증을 잠시 잊곤 했다. 정아가 한숨을 쉬며 목덜미를 어루만지면서 번개팅으로 우리를 유혹하곤 했다. 사무실 주변의 온갖 음식점들이 출출한 회사원들 입맛을 자극했다. 여러 종류의 치킨집이나 포장마차, 피자집, 이탈리안 레스토랑, 스테이크 전문점 등등. 거의 일주일에 삼사 일은 음식점에서 풍기는 냄새에 유혹당했다. 피자나 치킨과 함께 마시는 생맥주는 격무를 잊게 하는 최고의 스트레스 처방제였다. 서로 눈치 보지 않고 먹고 마시는 저녁 시간은 꿀맛 같다. 어깨 통증이나 편두통, 스트레스, 소화 장애까지 순식간에 사라진다. 직장인들에게는 주변 음식점들이 오아시스처럼 보인다. 오아시스에서 꿀 같은 휴식을 즐기듯이 음식점마다 사람들로 버글거린다. 헐떡이며 먹는 모습들은 음식점마다 똑같다. 그들의 웃고 떠드는 모습에서 하루의 스트레스가 사라지는 듯하다. 치킨이든 피자든 족발이든 어떤 음식이든지 스트레스로 저혈당이 된 몸에 필요했다. 격무와 피로로 만들어진 저혈당 몸들은 제대로 씹지도 않고 급하게 음식을 삼킨다. 꼭꼭 씹을 여유가 없다. 피로로 늘어진 몸속으로 빨리 혈당이 공급되어야 했다. 입안에서 대충 씹힌 음식들을 생맥주와 함께 그냥 꿀꺽덕 넘겼다. 어금니가 제대로 작동할 틈이 없었다. 혀끝에서 음식 맛만 느껴지면 됐다. 어금니도, 침도 스트레스에는 필요없었다. 깔깔 웃으며 혹은 화난 목소리로 급하게 음식을 삼키며 하루의 스트레스를 풀었다. 두세 시간 정도 떠들며 먹다보면 배 안이 꽉 차면서 온몸이 처졌다. 취기로 해롱해롱 눈꺼풀이 감겼다. 집으로 돌아가는 시간이 일차는 밤 아홉시경이었다. 스트레스를 더 풀고 싶으면 이차로 소주방이나 맥주집으로 갔다. 퇴근 후 일상은 뻔하게 만들어졌다. 집에 오면 엄마 잔소리를 뒤로 넘기고 대충 침대 속으로 들어갔다. 칫솔질을 할 수 없었다. 아직 배 속에는 온갖 음식물이나 생맥주, 소주 몇 잔이 소화되지 않은 채 출렁거렸다. 아침이면 아랫배가 독가스가 찬 듯 더부룩했다. 아침부터 어쩔 수 없이 콜라를 찾는 식생활이 됐다. 직장인들은 도시에서 병들어가는 줄모르고 생활했다. 그렇게 생활해야만 살 수 있구나 생각했다. 몸 곳곳에서 문제가 생기자 잔소리가 시작됐다. 엄마 아버지의 잔소리가 간곡해서 취직 오 년 만에 휴직서를 냈다.

할머니가 전화로 부산에 내려오라며 재촉했다. 먼 친척뻘 아저씨가 조그마한 세무 회계 사무실을 운영하는데, 근무하던 여직원이 출산 휴가를 가게 돼서 대신 몇 달만 도와달라는 것이었다. 일은 그리 많지 않으니 먼 친척뻘 아저씨를 도와주라면서 거의 명령조로 부산으로 불렀다. 백수 생활도 만만치 않았다. 바이오리듬이 깨지면서 멍청이가 된 듯한 기분이었다. 여전히 소화 불량으로 소화기 질병들을 앓았다. 하루 종일 방구석에 박혀 핸드폰이나 컴퓨터를 만지며 소일했다. 엄마가 차려준 진수성찬도 입에 당기지 않았다. 밥맛도 없었다. 엄마 음식은 대충 때우면서 패스트푸드로 냉장고를 채웠다. 퇴근 후 맛집들 수다가 그리워 간혹 저녁 무렵 직원들과 예전처럼 어울렸다. 그러나 퇴근 후 먹었던 맛을 느낄 수 없었다. 마카롱, 샌드위치, 피자, 베이글 등 어금니로 대강 씹어 넘기는 간식들로 허기를 메웠다. 백수 생활 한 달쯤 되었을 때 정아에게서 슬픈 전화를 받았다. 함께 근무하던 백 선배가 대장암 4기로 입원 치료 중인데, 이미 온몸에 암세포가 퍼져 치유가 불가능하다는 것이었다. 선배는 자기 몸을 몰랐어? 실없이 물었다. 정아는 "복통이 있었고 항상 소화 불량이었지만 그렇구나 생각했대요"라는 들을 필요 없는 대답만 했다. 백 선배도 나처럼 일했다. 평소 피곤한 기색이 있었지만 숨기면서 억척스럽게 일했다. 집안이 넉넉지 못한 대가족의 가장으로 어깨 무겁게 살아왔다. 우리 사무실에서 가장 열심이었다. 나보다 일곱 살이 많지만 후배라기보다 경쟁자로 나를 대했다. 겉으로는 다정하게 얘기했지만 가끔 경계하는 눈빛을 보이곤 했다. 아침이면 뽀얗던 얼굴이 퇴근 때면 눈가에 커다랗게 다크서클이 생겨 있었다. 가끔 함께하는 회식 때 선배는 게걸스럽게 음식들을 먹어치웠다. 며칠을 굶은 사람처럼. 약혼녀는 있지만 집안 돌본다고 결혼하지 못한 사연은 사무실에서 다 알고 있었다. 아직 마흔도 안 된 나이에 대장암이라니. 온 얼굴이 다크서클로 덮인 백 선배 얼굴이 어른거렸다. 마침 외할머니가 나를 부산으로 데려가려고 서울 집에 와 있었다. 백 선배 얘기를 들은 후 외할머니는 더욱 완강하게 재촉했다. 네 방에 들어가면 방귀 냄새가 독하게 나. 할머니가 뚱딴지같은 말을 했다. 나는 방귀를 잘 안 뀌어, 무슨 말이야. 화를 내며 할머니에게 대들었다. 외할머니는 평온하게 웃으며 대답했다. 방귀를 자주 뀌어야 하는데 가끔 뀌면 썩은 음식같이 냄새가 독하지. 방귀 냄새가 독하면 대장에 탈이 난 게 틀림없어. 저번에 네 방귀 냄새 때문에 이 할미가 숨을 못 쉴 뻔했어. 너도 조심해야 돼. 내 방귀는 달콤하지. 갑작스럽게 외할머니가 방귀 타령을 한다. 백 선배가 대장암인데 나에게 웬 방귀 얘기를 꺼내는 거지? 언제 방귀를 뀌었는지, 뀌긴 하는지 모르고 지냈다. 오히려 방귀 뀌는 것이 힘들었다. 그럴 때마다 뱃속이 출렁거렸고 더부룩했다. 가끔 방귀를 시원하게 뀌고 싶었지만 잘 되지 않았다. 매우 힘들었다. 아랫배에 힘을 줘서 뀌려고 해도 힘이 주어지지 않았다. 나는 언제 방귀를 뀌었는지 몰랐다. 할머니나 엄마는 노래하듯 방귀를 뀌었다. 편하게 멋대로 뀌었다. 소리도 경쾌하고 냄새도 달콤했다. 나이 들면 주책없이 행동하는구나 생각했다. 늙었다는 핑계로 외할머니는 뚱딴지같은 말을 계속했다. 잘 씹어 먹어야지 독한 방귀를 덜 뀌게 되는 거야. 잘 씹어 먹으려면 어금니가 튼튼해야 하는 거야. 외할머니는 자랑스럽게 입을 크게 벌리고 나에게 어금니를 보여줬다. 외할머니의 어금니는 입안에서 진주처럼 반짝였다. 어금니들이 빠진 것 없이 할머니 입안에 꽉 차 있었다. 엄마는 어릴 적 외할머니에게서 이빨 닦으라는 잔소리를 가장 많이 들었다고 했다. 덕분에 엄마도 치아는 튼튼했다. 외할머니는 백 선배가 안됐다고 몇 번이나 혀를 차면서 동정 어린 말을 내뱉었다. 그 청년은 치아가 매우 나쁠 거야. 입안이 언제나 아팠을 거야. 제대로 씹지도 못했을 거고 소화는 잘 안 됐을 거고. 방귀 냄새가 독가스 같았을 거고……

누나, 외할머니가 갈수록 심해져. 너무 힘들어. 퇴근하고 오면 철이가 넋 나간 얼굴로 하소연했다. 철이와 함께 생활한 지 한 달째였다. 처음엔 나 혼자 감당하기 힘들었다. 냉장고에 들어 있던 마카롱이나 피자, 치킨, 크로아상, 아이스크림, 콜라, 사이다 등이 버려졌다. 쓰레기통이나 부엌 곳곳에 버린 것투성이였다. 외할머니 짓이었다. 나를 보면 "배고파. 밥 줘, 이년아." 막무가내로 윽박질렀다. 엄마에게 화를 내면서 전화했다. 엄마와 외삼촌이 급히 부산에 왔다. 할머니 행동을 보고 걱정스럽게 한숨을 쉬었다. 급히 병원으로 데리고 갔다. 진단명은 알츠하이머였다. 그렇게 멀쩡하고 정정하던 분이 왜 이렇게…… 엄마는 울먹이며 멍하게 앉아 있는 외할머니를 껴안았다. 이년은 누구야. 엄마조차 못 알아봤다. 겨우 외삼촌만 알아보면서 바보처럼 웃으며 "내 새끼 왔나?"라고 했다. 머리는 산발이 됐고 옷들은 풀어 헤쳐져 있었다. 긴급 집안 회의를 했다. 엄마나 외삼촌은 요양병원에 보낼 수 없다고 했다. 나와 사촌동생인 철이를 간병인으로 정했다. 나는 직장 때문에라도 부산에 있어야 했다. 철이는 제대 후 일본 유학을 준비하고 있었다. 철이는 투덜대면서 유학을 일 년 미뤘다. 엄마나 외삼촌이 "할머니가 얼마나 너를 사랑했냐, 너를 키운다고 얼마나 많이 고생했냐"는 말들을 하며 철이를 꼼짝 못하게 했다. 외삼촌 부부가 맞벌이여서 외할머니가 철이를 초등학생 시절에 돌봤다. 사랑하지만, 사랑하지만…… 철이는 말끝을 맺지 못했다. 입은 씰룩거리며 고개를 떨궜다. 함께 외할머니를 일 년간 간병하기로 했다. 가끔 엄마나 외숙모가 외갓집에 내려왔다. 여러 가지 음식 재료나 과일들을 사놓고 갔다. 외할머니가 좋아하는 음식들을 해주라면서. 할머니는 현미잡곡밥만 먹었다. 처음 쌀밥을 했더니 밥그릇을 거실 바닥에 내던졌다. 씩씩거리며 "안 먹어. 안 먹어. 내 밥 줘!" 투정을 부렸다. 아침 담당은 철이였고, 나는 저녁을 맡았다. 식단은 매일 할머니가 좋아하는 음식들로 꾸며졌다. 나와 철이가 먹을 수 있는 것은 별로 없었다. 여러 종류의 김치, 견과류가 들어간 샐러드, 생선구이와 국이 식탁에 차려졌다. 국 종류는 엄마가 사흘마다, 김치는 외숙모가 일주일에 두 종류씩 택배로 보내왔다. 생선은 철이가 마트나 재래시장에서 그날 나온 제일 싱싱한 것들로 사왔다. 샐러드는 견과류, 오이, 홍당무, 상추, 양배추, 브로콜리, 과일로 만들었다. 견과류는 아몬드, 땅콩, 호두 등이었다. 현미잡곡은 엄마와 외숙모가 한 달마다 번갈아 와서 사놓고 갔다. 처음 현미잡곡밥 짓는 법을 엄마가 가르쳐줬다. 반드시 압력 밥솥에 해야 하며, 쌀의 1.2배가 되는 물을 넣어야 한다. 미량의 소금을 넣어 독소를 제거해야 한다. 약한 불에 이십 분 정도 서서히 익힌 후 중간 불에 십 분 더 익혀야 하며, 다시 십 분 정도 뜸을 들여야 한다. 현미잡곡밥 짓는 게 쉽지 않았다. 몇 번씩이나 실패를 했다. 그럴 때마다 할머니는 귀신처럼 알아채고 밥을 퍼서 온 식탁에 뿌렸다. "맛없어. 맛없어." 고함을 질렀다. 식사 준비 시간이 길었다. 식사 시간도 길었다. 할머니는 혼자 식사할 수 없었다. 옆에 앉아 일일이 먹여줘야 했다. 할머니, 철이와 나는 아침저녁 식사를 함께 해야 했다. 철이가 현미잡곡밥을 할머니 입에 넣어드리면 나는 반찬들을 골고루 챙겼다. 힘들었다. 외할머니는 다시 태어난 갓난아기 같았다. 입으로 현미잡곡밥을 꼭꼭 씹었다. 한 숟갈에 서른 번가까이 씹었다. 어금니로 현미잡곡밥 씹는 소리가 똑똑히 들렸다. 턱과 악관절이 부드럽게 움직였다. 꼭꼭 씹으면서 아기처럼 천진하게 웃으며 우리들을 쳐다봤다. 땀을 뻘뻘 흘리며 할머니에게 한 숟갈씩 천천히 먹여야 했다. 어쩔 수 없이 우리도 현미잡곡밥을 먹어야 했다. 처음에는 현미잡곡밥이 씹히지 않았고, 돌돌 입안에서 맴돌았다. 입안과 혀가 까칠해졌고, 목구멍으로 넘길 수가 없었다. 어금니로 씹으려고 하면 현미잡곡밥들은 어금니 사이로 헤엄치듯 미끄러졌다. 씹을수록 턱이 아팠다. 아프니까 어금니들이 입안에 있다는 것을 느꼈다. 서서히 어금니들로 음식을 씹을 수 있었다. 할머니는 반찬도 꼭꼭 씹었다. 식사는 거의 한 시간이나 걸렸다. 할머니가 미웠다. 나는 사무실로 출근했지만 철이는 낮에 할머니를 데리고 한 시간 정도 가벼운 산책을 해야 했다. 군대 생활보다 더 힘들다고 투덜댔다. 나와 철이는 거의 할머니에 매달려 살았다. 전쟁 같은 생활이 몇 달 계속됐다. 할머니는 점점 아귀처럼 변했다. 90킬로그램이던 철이의 몸무게는 두 달 만에 10킬로그램이나 빠졌다. 엄마나 외숙모는 "할머니가 불쌍하지 않아? 마지막이라 생각하고 효도하렴" 하고 얄미울 정도로 우리의 감성과 이성을 건드렸다. 다른 일을 할 수 없었다. 철이는 거의 하루 종일 할머니 곁에 붙어 있어야 했다. 울고 싶은 심정으로 할머니를 간병했다. 밤마다 할머니는 유령처럼 온 집 안을 돌아다니곤 했다. 잠들려고 하면 냉장고에서 내가 사다놓은 간식들을 거실 바닥에 내팽개쳤다. 야참도, 군것질도 할 수 없었다. 버린 간식을 청소하는 것도 힘들었다. 6개월쯤 지나자 겨우 생활에 틀이 잡혀갔다. 쓸데없이 야참이나 군것질을 하지 않았다. 식사 준비는 신속하게 됐다. 식사 시간도 사십 분으로 줄어들었다. 식사 시간에 땀을 뻘뻘 흘리지 않아도 됐다. 할머니도 많이 유순해졌다. 그때 정아로부터 백 선배가 결국 사망했다는 슬픈 소식을 들었다. 문상 가는 발길이 남달리 무거웠다. 서른아홉 해 선배 삶이 애처로웠다. 백 선배 얼굴이 또렷하게 떠오르지 않았다. 겨우 기억 난 얼굴은 퇴근 때 다크서클로 덮인 모습이었다. 띄엄띄엄 떠오르는 기억들은 애처로운 모습들뿐이었다. 자주 배를 쥐고 화장실로 뛰어가던 모습, 책상에 엎드려 진땀을 흘리며 복통으로 끙끙거리던 모습, 몰래 약을 먹던 모습, 바쁘게 뛰어다니면서 희멀겋게 변하던 얼굴, 회식 때 게걸스럽게 음식들을 먹던 입술. 나를 경계하듯 봤지만 선배는 언제나 지쳐 있었다. 힐끗 동정 어린 눈으로 바라보면 얼굴이 새침하게 변했다. 젊은 공인회계사로 전망이 밝았다. 업무 능력도 탁월해서 대표에게 총애를 받았다. 하지만 부드럽게 말하는 선배를 본 적이 없었다. 눈초리는 날카로우면서 어두웠다. 선배는 언제나 벅차게 업무를 맡아서 완전하게 일을 마쳐야 했다. 여유로울 수가 없었다. 빈소 영정은 출근 때 웃던 얼굴이었다. 웃는 얼굴을 기억할 수 없었던 스스로가 미안했다. 웃는 사진에 눈물이 솟구쳤다. 빈소에서는 형제들이 조문을 받았다. 직장 동료들도 무겁게 빈소에 앉아 있었다. 오랜만에 직장 동료들을 보니 반가웠다. 그들도 반갑게 나를 맞이했다. 그들 사이에 낯선 여자가 앉아 있었다. 백 선배의 약혼녀였다. 비통하게 일그러진 얼굴에 눈물만 흘러내렸다. 정아가 한마디 건넸다. 내년 초 전셋돈이 마련돼서 결혼할 날짜를 잡았었대. 그렇게 열심히 살았건만 긴 말을 더 할 수 없는 슬픈 현실이었다. 흐느끼는 약혼녀 손만 말없이 꼭 잡았다. 문상을 마치고 오랜만에 만난 동료들과 가까운 커피숍으로 갔다. 동료들이 앉자마자 나에게 반가운 듯 떠들었다. 그들 입에서 "얼굴이 건강해졌다" "역시 직장을 쉬니까 좋아졌어" "몸매가 날씬해졌어" 등 놀리는 듯 의아한 듯한 말이 나왔다. 좋아졌어? 궁금해서 되물었다. 백 선배도 진작 너처럼 쉬었으면…… 우리를 봐. 예전 너처럼 변하고 있어. 정아가 다크서클 덮인 눈으로 흘겼다. 그들에게 예전의 내가 보였다. 커피와 함께 생크림 케이크와 쿠키가 나왔다. 나는 전혀 손을 대지 않았다. 동료들이 깜짝 놀라며 물었다. 그렇게 좋아하던 생크림 케이크를 먹지 않아? 나도 모르게 만들어진 식습관에 스스로 놀랐다. 몇 달 만에 본 생크림 케이크와 쿠키였다. 손이 가지 않았다. 침도 고이지 않았다. 달달한 음식이 눈으로 들어오지 않았다. 눈에 비친 음식들이 쓰레기로 보였다. 할머니가 갖다 버려서 먹을 수 없는 것들로 여겨졌다. 동료들이 이상하다는 듯 나를 바라봤다. 예전엔 우리 것까지 빼앗아서 게걸스럽게 먹더니…… 말을 잇지 못했다. 억지로 생크림 케이크를 한 조각 입안에 넣었다. 입안에 가득 담기는 맛이 없었다. 어금니에 닿는 감촉도 없었다. 꼭 씹으려고 하니까 씹히지 않았다. 침이 섞이지 않았다. 바로 목구멍으로 넘어갔다. 단맛이 약간 역겨웠다. 턱이나 어금니가 맷돌처럼 움직여지지 않고 심심했다. 고소하게 퍼지는 맛도 없었다. 쿠키도 마찬가지였다. 겨우 어금니로 부숴서 그냥 넘겼다. 침이 입안에 고이지 않았다. 나도 순간 놀랐다. 내가 이렇게 변했나? 위 속으로 내려가는 생크림 케이크나 쿠키가 덜컹거렸다.

누나, 할머니가 많이 좋아진 듯해. 오늘은 낮에 텔레비전 가요무대 프로그램을 보면서 간혹 아는 노래를 따라 부르는 거야. 열 달이 지난 후 철이가 저녁식사 때 보고하듯 기쁘게 말했다. 그동안 할머니는 텔레비전을 볼 생각을 하지 않았다. 최근에 병원에서 처방받은 약들도 잘 복용했다. 기분 좋아. 철이가 웃으면서 함께 보고했다. 처음에는 알약들을 그대로 뱉어냈다. 온갖 생떼를 부리는 바람에 약들을 제대로 먹일 수 없었다. 철이는 힘들게 할머니를 달랬고, 겨우 반만 먹일 수 있었다. 함께 식사하는 시간도 삼십 분으로 줄어들었다. 우리는 현미잡곡밥을 맛나게 지었다. 뜸 들이는 동안 풍기는 현미잡곡밥 냄새는 고소해서 콧속으로 깊게 스며들었다. 침이 입안에 가득 고였다. 목젖이 덜썩걸렸다. 우리도 할머니 식단에 점점 빠져들었다. 배고파서 어쩔 수 없이 먹어야 했던 현미잡곡밥이었다. 이제는 맛있게 먹을 수 있게 됐다. 이미 현미잡곡밥에 중독됐다. 몸에 좋은 중독이었다. 엄마와 외숙모는 부지런하게 온갖 김치와 국들을 준비해서 택배로 부쳤다. 계절마다 맛보는 새로운 김치는 우리를 깜짝 놀라게 했다. 이렇게 김치 종류가 많았어? 철이는 새삼스레 김치 맛을 알게 된 듯 김치에 푹 빠졌다. 나도 김치를 만들어볼까? 진지하게 김치 맛을 보며 엉뚱한 욕심까지 냈다. 열무김치, 파김치, 무김치, 깍두기, 물김치, 배추김치, 갓김치, 총각김치 등등. 김치 맛에 어울리는 국들도 우리를 역시 놀라게 했다. 철이는 샐러드를 만들면서 콧노래를 불렀다. 국을 끓이면서 춤추듯 엉덩이를 흔들었다. 식사 때 웃음이 맴돌았다. 현미잡곡밥도 어금니에 잘 씹혔다. 어금니가 현미잡곡밥을 꼭꼭 씹어내면서 밥알이 잘게 부서졌다. 씹히는 감촉은 턱 전체에 번지며 입안을 뜨겁게 만들었다. 잘게 부서진 잡곡밥들이 침과 섞이면서 고소하게 입안에 퍼졌다. 서른 번가량 씹히면서 저절로 턱이 움직였다. 처음 씹으면 아팠던 턱도 이제는 편해졌다. 침은 샘처럼 솟아났다. 혀밑샘, 턱밑샘, 귀밑샘 세 곳에서 뽕뽕 솟아나서 온갖 음식들을 맛나게 녹였다. 음식들이 꼭꼭 씹히면서 침과 골고루 섞였다. 그러면 음식 맛이 혓속에 깊게 스며들었다. 고소한 맛이 혀에 박혔다. 우리도 할머니 씹는 입 모양을 닮아갔다. 할머니는 천천히 예쁘게 입술을 움직이며 씹었다. 씹을 때 입가 주름이 웃는 듯 움직였다. 이즈음 할머니에게 묘한 버릇이 생겼다. 우리 어릴 적 할머니의 버릇이었는데, 생긋 웃으며 다시 하기 시작했다. 처음 우리는 놀라서 몸을 움찔거리며 사렸지만 침 냄새가 달콤해서 그냥 할머니 하는 대로 됐다. 어릴 적 우리가 벌레에 물리거나 몸에 뾰루지가 나면 할머니는 혀로 상처 난 곳을 핥아줬다. 상처 난 곳에 침을 듬뿍 바르고 혀로 핥았다. 그러면 신기하게도 바로 상처가 시원하게 아물었다. 우리는 '할머니 침은 약침이구나'라고 여겼다. 저녁 식사 후 거실에 오순도순 모여 텔레비전을 볼 때 할머니는 나와 철이에게 기대 볼이나 손등이나 발가락을 혀로 침을 듬뿍 발라서 핥았다. 놀라는 것도 잠시였다. 할머니 침에는 아밀라아제가 가득 들어 있었다. 할머니 침 냄새는 향긋했다. 냄새를 맡으면 살포시 잠이 왔고 아밀라아제가 우리 몸을 시원하고 깨끗하게 만들었다. 그러면서 방귀와 트림이 시원하게 나왔다. 할머니 집이 동화 속 집처럼 신비하게 변했다. 우리는 부끄럼 없이 언제나 집에서 방귀 뀌고 트림을 시원하게 했다. 방귀나 트림 냄새도 향긋했다. 방귀 소리도 경쾌했다. 할머니는 얌전해졌다. 얼굴도 예전처럼 온순해졌다.

약도 잘 복용했다. 이틀마다 밤에 내가 할머니를 목욕시켰다. 할머니 몸은 깨끗했다. 피부에 윤기마저 났다. 치매가 나아가는 건가? 기쁘면서 이상했다. 매일 밤 치아를 닦아줄 때도 얌전했다. 할머니는 입을 크게 벌리고 내가 닦아주는 대로 조용히 있었다. 할머니 어금니들은 언제나 진주처럼 영롱했다. 위아래 열여섯 개 치아가 가지런히 배열돼 있었다. 부러웠다. 그래서 식사할 때 어떤 음식이든 꼭꼭 씹었구나. 이제 할머니는 치매가 나아가는구나. 치매가 나을 수가 있을까? 엄마나 외숙모가 올 때마다 점점 좋아지는 할머니의 모습을 보고 기뻐했다. 너희들 간병 덕분이야. 할머니 집은 기분 좋게 변했다. 셋이서 함께 식사하는 시간은 즐거웠다. 할머니는 마냥 예쁘게 웃기만 했다. 철이는 틈틈이 일본어를 공부하며 유학 준비를 했다.

밤마다 잠결에 욕실에서 물소리가 들렸다. 늘 안방에서 할머니와 함께 자는데 피곤해서 잠을 깰 수 없었다. 철이도 건넛방에서 코를 골며 잠들었다. 할머니 간병은 중노동이었다. 잘 때가 되면 나와 철이는 축 처졌다. 매일 밤 우리는 깊게 잠들었다. 이상해, 철아. 넌 밤에 욕실에서 물소리를 듣지 못했니? 철이는 의아한 듯한 표정만 지었다. 할머니가 밤마다 유령처럼 온 집 안을 돌아다니는 것 같아. 매일 기저귀를 갈아주는데 요즘은 오줌을 싸지 않는지 깨끗해. 기저귀 갈아주는 것은 내 몫이었다. 열 달이 지날 때부터 할머니 기저귀가 깨끗했다. 간병 팔 개월 때까지 기저귀 갈아주는 것이 너무 힘들었다. 아기처럼 다리를 바둥거려서 기저귀 가는 데 땀을 뻘뻘 흘렸다. 이상하게 처음부터 대변은 기저귀에 누지 않았다. 간병이 힘들어서 대변을 누지 않는 것이 다행이라고만 생각했다. 대변은 대수롭지 않게 여겼다. 기저귀를 깨끗하게 차고 있으니까 점점 이상한 생각이 들었다. '대변은 왜 누지 않지? 할머니는 언제 대변을 누지?' 의심만 했다. 간병한 지 거의 일 년이 돼가는 겨울 한밤중이었다. 갑자기 할머니가 고함을 지르면서 우리를 깨웠다. 불이 났다. 바로 이웃에 있는 오피스텔에서 불이 났다. 어서 깨거라. 잠결에 할머니 목소리와 소방차 사이렌이 시끄럽게 들렸다. 나와 철이는 얼떨결에 깼다. 급히 옷을 갈아입고 밖으로 나왔다. 이웃에 있는 오층 오피스텔에서 불이 났다. 동네 사람들이 웅성거리며 대피했다. 타는 냄새가 매캐하게 코를 찔렀다. 기침이 계속 났다. 부연 연기 속에 우리는 정신없이 뛰었다. 나와 철이는 할머니 손을 꼭 잡고서 가까이 있는 초등학교 운동장으로 피했다. 한 시간 정도 지나자 화재는 진화됐다. 자칫 큰 화재가 될 뻔했는데 누군가가 빨리 신고해서 일찍 불을 끌 수 있었다며 소방대원이 신고한 사람을 찾았다. 바로 화재가 난 건물 이웃에 사시는 할머니였습니다. 119에 신고한 전화번호를 크게 말했다. 할머니 집 전화번호였다. 나와 철이는 깜짝 놀라 할머니를 쳐다봤다. 할머니는 나와 철이를 보며 얄밉도록 빙그레 웃었다.
전날 밤까지 우리는 할머니를 잠들 때까지 보살폈다. 할머니
는 여전히 갓난애처럼 굴었다. 나와 철이는 어안이 벙벙했다.
할머니는 어떻게 깨어 있었지? 불 난 걸 어떻게 알았어? 할
머니가 나와 철이 손을 꼭 잡으며 말했다. 밤마다 대변 눈다
고 깨어 있었어. 어처구니가 없었다.

  온 집 안에 며칠간 웃음이 계속됐다. 나와 철이만 씩씩거리
며 거의 매일 할머니와 가족들을 쩨려봤다. 그러나 할머니는
아무렇지도 않게 얄미울 정도로 생글생글 웃으며 아침 식사
를 준비했다. 일 년 만에 한 건강 검진에서 나는 자질구레한
잔병들이 거의 다 나았다. 혈압, 혈당 등 모든 수치들이 정상
이었다. 역류성 식도염도, 위염도, 잦은 설사도 깨끗하게 없
어졌다. 철이도 68킬로그램의 날씬한 몸매로 일본 유학을 떠
났다. 친구들이 날씬하게 핸섬해진 모습에 놀랐단다.
  나와 철이는 씩씩거리며 웃을 수밖에 없었다. 할머니는 내
내 "몸은 정직하잖아"라며 큰소리를 쳤다. 서울서 다시 만난
옛 동료들은 여전히 위장약이나 신경안정제, 진통제, 소화제
등을 간식처럼 복용하고 있었다.

끝나지 않는 싸움

왼손 1

오른손이 또 배신을 했다. 꽃집 할머니가 하늘나라로 떠난 지 불과 몇 개월째다. 한심하고 어처구니없다. 화가 치민다. 할머니와 함께 지낸 이 년을 어떻게 참아왔을까? 징그럽게 꿈틀거리는 손가락들이 역겹다. 사십오 년간 해왔던 거짓말을 뻔뻔스럽게 할 거다. 몇 개월 얌전하게 참아온 것이 위선이었다. 또 어떤 궤변을 늘어놓을까? 듣기조차 지겹다. 꽃집 할머니가 세상 떠나기 전 침상 옆에서 할머니 손을 꼭 잡고 눈물을 뚝뚝 흘리면서 말했다. 할머니, 앞으로 절대 할머니 슬프게 하는 못된 짓은 하지 않을게요. 하늘나라에서 지켜보세요. 할머니, 맹세할게요. 나를 지켜보며 웃으실 거예요.

'절대' '맹세'라는 말을 두세 번 할 때 오른쪽 눈썹을 치켜올리며 오른쪽 눈을 부릅떴다. 다시는 배신하지 않을 결심을 하는 듯했다. 오른쪽 손가락들로 차가워지는 할머니 볼을 쓰다듬었다. 할머니는 지금 하늘나라에서 울고 있을 것이다. 이쩔 수 없구나. 스스로 마음을 달래면서. 이 년 동안 헛고생했구나. 한숨을 지을 거다. 그동안 울퉁불퉁 시커멓게 변한 손등 핏줄들을 보면서. 음흉하고 거칠게 움직이는 손가락들과 송곳처럼 날카롭게 자란 손톱들을 보면서. 바싹 마르고 쩍쩍 갈라진 살갗들을 보면서. 할머니는 매일 아침 오른손에게 꽃을 가꾸며 꽃잎에 물 뿌리는 일을 시켰다. 오른손은 할머니와 함께 지내며 꽃을 가꾸면서 뽀얗고 반지르르하게 변했다. 손톱은 깨끗하게 다듬어졌고 핏줄들은 파르스름하게 보였다. 손가락들은 깃털처럼 부드럽게 꽃잎들을 만졌다. 오른손, 너는 아름답게 변했다. 믿기 힘들 정도로. 할머니와 나는 기뻤다. 변할 수 있구나, 독기만 사라지면. 오른손은 다시 배신을 하면서 예전 오른손으로 변했다. 또 거칠고 시커멓고 흉측하게 됐다. 언제나 그렇게 했듯이 배신은 혼자 한 것이 아니라고 뻔뻔하게 얘기할 거다. 배신하자마자 네가 먼저 나를 보며 신경질을 낸다. 못쓰게 된 내 몫까지 이십여 년 했으니까 얌전하게 있으라고 버럭 화를 낸다. 나는 얌전하게 있을 수 없다. 나는 그냥 보고 지나칠 수 없다. 남아 있는 왼쪽 팔뚝이나마 움직여서 너의 배신을 막아야 한다. 네가 아무리 나에게서 벗어나려 해도 신경들이 머릿속에서 만나면서 서로를 느끼게 된다. 나는 아프고 싶지 않다. 너의 배신이 주는 고통은 나의 손가락들이 잘렸을 때 절실하게 느꼈다. 신경들을 통해 예전에 손가락 마디마디 스며들었던 온기를 전해줘야 한다. 어릴 적 보육원 원장 할아버지의 온기를 느끼게 해야 한다. 보육원 원장 할아버지의 손길은 따뜻했다. 할아버지의 손길은 신기했다. 어깨가 넓은 키다리 할아버지였다. 아침 식사 때마다 식당을 돌아다니며 한 명씩 손을 꼭 잡고 이름을 부르며 짧게 기도했다. 할아버지는 언제나 입술에 웃음을 그렸다. 원장 할아버지가 차가운 우리 두 손을 꼭 쥐고 기도하면 손가락 끝에서부터 할아버지의 온기가 전해졌다. 손가락 끝 신경에 할아버지의 온기가 스며들었다. 차갑던 손가락들이 따뜻해졌다. 손가락 끝 핏줄이 팔딱팔딱 뛰었다. 겨울이면 좀 더 오랫동안 세게 꼭 쥐고 문질렀다. 손가락 끝 신경에서 시작된 온기는 팔뚝을 통해 어깻죽지로 퍼지며 가슴을 파르르 떨게 했다. 할아버지의 온기는 손가락 마디마디에 흔적을 남겼다. 잊을 수 없는 흔적이었다. 온기는 원장 할아버지가 세상을 떠난 후 꽃집 할머니를 만나기 전까지 느껴본 적이 없었다. 그 후부터 우리 두 손은 늘 차가웠다. 어릴 적 몇 년간의 따뜻한 기억으로 두뇌에 남았다. 할아버지의 온기는 그리움이 됐다. 엄마 뱃속에서 나와 처음 산부인과 의사 손에 잡혔을 때는 온기를 느끼지 못했다. 수술 장갑은 차갑기만 했다. 엄마는 미혼

모라는 낙인이 찍힌 채 출산 다음 날 어디론가 사라졌다. 그날 이후 엄마나 아버지를 불러본 적이 없다. 이곳저곳 차갑게 옮겨 다니기만 했다. 엄마 뱃속에서 나온 후 온기를 느낄 시간들을 갖지 못했다. 엄마 뱃속에서 지녔던 온기만을 본능적으로 두뇌와 가슴에서 느꼈다. 엄마 뱃속 온기는 36.5도였다. 어릴 적 홀로 온기를 만들기는 힘들었다. 누구도 도와주지 않았다. 그대로 홀로 온기를 만들어야 했다. 만든 온기는 오래 가지 않았다. 두뇌는 식어가는 가슴을 지키려고 미친 듯 애썼다. 두뇌는 신경을 통해 눈, 코, 입들을 자극했다. 눈, 코, 입들은 사방을 뒤지며 따뜻하게 만들 것을 찾아다녔다. 36.5도 체온을 지키기 위해 두뇌의 패악질이 시작됐다. 본능적인 패악질이었다. 온기를 만들기 위해 두 손이 언제나 먼저 필요했다. 하지만 원장 할아버지와 꽃집 할머니의 온기를 지금은 뚜렷하게 기억할 수 있으니까. 배신은 하지 말자꾸나. 오른손은 꽃 가꾸는 마음으로 독기를 없애야 한다.

오른손 1

배신이라고 할 수 없다. 일심동체로서 배신이란 말을 함부로 내뱉지 마라. 궤변을 지껄이는 것은 아니다. 비록 너의 손가락들이 없어졌지만 우리는 함께 온기를 지켜야 했다. 사십

오 년 가슴에 온기를 지키려고 혼자 고군분투했다. 내 꼬락서니를 보면서 함부로 배신이라고 지껄일 수 없다. 나에게는 네가 오히려 위선으로 보인다. 나 역시 언제나 착한 척, 예쁜 척하는 네 꼴을 지겹게 봤다. 그동안 불평 한마디 하지 않았다. 오히려 잘려나간 너, 왼손을 그리워했다. 없어진 왼쪽 손가락들이 나와 함께 움직이는 것처럼 생각했다. 염증으로 썩은 왼쪽 손가락들을 절단할 때 혼자 온기를 지켜야 하는 책임감을 가졌다. 홀로 온기를 지키는 것이 얼마나 힘든 것인지 생각해본 적 있나? 한 번이라도 나를 이해해본 적 있나? 가슴의 온기를 지키기 위해 두뇌와 눈, 코, 입, 위장이 나를 착하게 두지 않았다. 배신은 할머니 눈물로써 충분히 상쇄됐다. 할머니가 하늘에서 우리를 위해 언제나 눈물을 흘린다. 하늘에서 신들이 운다는 얘기는 온갖 고전 서적에 이미 기록된 전설이다. 온기는 태어나서부터 없었다. 자궁의 기억을 더듬으며 만들어야 했다. 자궁에서 나오자마자 36.5도 온기는 느껴지지 않았다. 벌거숭이가 된 채 나온 엄마 바깥은 차가웠다. 우리를 따뜻하게 만드는 엄마 품은 없었다. 온기 품은 엄마 젖꼭지를 물 수 없었다. 추워서 바들바들 떨어도 엄마 젖은 입으로 들어오지 않았다. 추워서 움츠리며 울 수밖에 없었다. 온기를 느끼기 위해 우리가 할 수 있는 것은 울음뿐이었다. 겨우 포대기에 싸여 우유 젖병이 입에 물려졌다. 우유는 뜨거운 물에 섞여서 따스할 뿐이었다. 입에 들어오자마자 식었다. 바

같은 언제나 차다. 자라면서 혼자 온기를 가슴에 지켜야 했다. 보육원에서 생활하면서 따스했던 기억은 없다. 여름에도 보육원은 냉랭하기만 했다. 아무리 햇볕이 따가워도 보육원에서는 온기를 느끼지 못했다. 온몸을 오들오들 떨면서 잠을 잤다. 꿈속에서도 춥기만 했다. 이렇게 춥게 지내야 하는구나 여겼다. 키다리 원장 할아버지 손길만 따뜻했다. 하지만 초등학교 상급생이 되기 전에, 할아버지는 매정하게 하늘나라로 가버렸다. 우리 두 손은 할아버지 손을 잡으려고 마냥 뒤쫓아 다녔다. 따스한 손을 꼭 잡고 우리 신경 다발에 할아버지 온기를 쓸어 담았다. 언젠가 할아버지 곁에 원생들이 옹기종기 모여 물은 적이 있다. 할아버지 손은 왜 이렇게 따뜻해. 원장할아버지는 함박웃음을 지으며 원생들 머리를 따스한 손으로 쓰다듬으며 말했다. 언제나 너희들이 사랑스럽기 때문에, 그리고 내 마음에 너희들 사랑이 가득 차 있어 그렇단다. 너희들과 함께 생활하면서 온기가 만들어진단다. 나도 태어나서 너희들처럼 엄마 품을 떠나서는 따스하지 않았단다. 살아가면서 나도 너희도 모두 엄마 품을 떠나 혼자가 되고, 홀로 가슴에 온기를 느끼고 지키는 방법을 배워야 한단다. 우리는 언제나 섭씨 36도에서 37.5도 사이의 체온을 유지해야 돼. 그래야 평온하게 살아갈 수 있단다. 너무 더워도, 너무 추워도 우리는 온기가 식으면서 하늘나라에 가게 된다. 또 나이가 들어 가슴이 온기를 지키기 힘들게 되면 하늘나라로 가게 되지. 섭씨 36도에서 37.5도 사이로 체온을 편안하게 지키기는 매우 힘들단다. 온갖 역경이 평온한 온기를 빼앗아가지. 그것이 우리의 운명이란다. 할아버지는 웃음도 따뜻하고, 손길도 따뜻하며, 사랑스러웠다. 할아버지의 온기가 느껴졌다. 우리 가슴이 두근두근 따스하게 뛰었다. 동심에서만 잠시 기억되는 온기였다. 우리는 알게 되었다. 허기가 생기면 온기가 없어진다는 것을, 할아버지 온기마저 사라진다는 것을 알았다. 허기는 매일 위장에 꽉 찼다. 허기를 없애야 했다. 허기는 무자비하다. 허기는 두뇌와 위장을 매몰차게 괴롭힌다. 허기가 찾아오면 위장이 뒤틀리며 아우성을 쳤다. 천둥 같은 소리를 질렀다. 꼬르륵, 꼬르륵. 위샘에서 펩신 염산 점액들이 솟구쳤다. 왼손, 너도 기억할 거다. 허기가 얼마나 무서운가! 모든 것은 허기 때문에 시작된 일이다. 지금도 허기 때문에 네가 말하는 온갖 나쁜 짓거리를 하게 된다. 나는 나쁘다고 여기지 않는다. 허기가 덮치면 저절로 두뇌를 험악하게 만들지. 언제나 허기는 코와 눈까지 뻗혀서 온 사방을 코로 킁킁 냄새 맡으며 눈을 빙글빙글 튀어나올 정도로 돌아가게 한다. 보육원 아이들은 허기 때문에 괴물이 되었다. 침을 흘리며 먹을 수 있는 것이라면 죄다 입으로 쑤셔 넣었다. 너도 기억할 것이다. 함께했던 첫번째 도둑질을. 결코 배신이라고 말할 수 없는 명령만을 따를 뿐이라는 것을. 두뇌는 우리에게 뒤틀리는 위장, 미쳐버린 눈과 코를 위해 도둑질을 시켰다. 본능적이 명령이었다. 보육원에서 차례로 배식 받을 때, 배식하는 아줌마 몰래 계란말이를 몇 개 슬쩍 움켜쥐고 바지 주머니에 쑤셔 넣은 후 몰래 먹었던 기억. 들키면 그냥 계란말이를 땅에 내동댕이 치고 으앙 울음을 터뜨렸던 기억. 두뇌만이 알고 있다. 하지만 두뇌는 냉정했다. 위장이 허기 때문에 야단법석 떠는 것을 야단치지 않았다. 오직 우리 두 손만 작동시켰다. 두뇌에서 뻗은 신경 다발은 우리 두 손 근육들을 교묘하게 움직였다. 허기를 없애고 온기를 느껴야 한다고 외치면서.

오른손과 왼손

오른손은 배신을 뉘우치지 않는다. '배신을 먼저 한 것은 너'라고 왼손에게 윽박지른다. 이십여 년 전 왕성한 청년이었을 때, 두 손은 열 손가락으로 온갖 독기 서린 묘기를 부렸다. 그러면 쉽게 온기가 온몸에 채워졌다. 오른손이 그때를 기억해보라면서, 고함을 지르곤 한다. 그 시절이 그립다고 왼손을 힐책한다. 그때 부린 묘기는 지금 생각해도 원장 할아버지나 꽃집 할머니가 하늘나라에서 통곡할 만한 독기 서린 짓거리들이었다. 열 손가락으로 못하는 짓거리가 없었다. 독기가 열 손가락으로 스며드는 것을 몰랐다. 원장 할아버지가 하늘나라로 간 후, 할아버지의 온기가 그리웠다. 36.5도 체온을 지켜야 돼. 착하게 서로 사랑해야 돼. 두뇌에서 할아버지 말이 맴돌았다. 어린 우리는 온기를 지키기 힘들었다. 36.5도 체온을 지켜야 가슴에 온기가 쌓인다는 말은 두뇌에서 메아리로 맴돌 뿐이었다. 어린 우리에게 이루어질 수 없는 유언이었다. 보육원에서부터 학교 그리고 바깥 사회는 온통 냉기뿐이었다. 냉기만이 야수처럼 우리에게 덮쳤다. 냉기는 소름을 돋우며 살갗으로부터 온기를 빼앗아갔다. 살갗 속으로 스며드는 냉기는 신경과 핏줄을 얼렸다. 냉기가 가슴으로 뻗으면서 온기는 가슴에서 점점 사라져갔다. 두뇌는 싸늘해지는 가슴이 두려웠다. 두뇌도 냉기를 느꼈다. 허기도 함께 느껴졌다. 두뇌는 긴급 상태임을 알았고 자율 신경을 작동했다. 우선 온기를 만들 맛난 음식들이 필요했다. 하지만 위장은 거의 매일 텅 비었다. 위장에 허기만 채워졌다. 허기로 채워진 위장은 고통스럽게 뒤틀렸다. 쓰리고 아프기조차 했다. 덩달아 눈, 코, 입은 험악하게 변했다. 왼손아, 그때 우리 함께했던 도둑질 기억나냐? 처음에는 먹을 만한 것들이 눈에 띄면 무턱대고 입안으로 쑤셔 넣었던 것을. 학교나 골목에서나 버려진 음식 쓰레기를 뒤지면서 헐레벌떡 주워 먹었다. 허기를 없애기 위해 위장에 무엇이든지 채워 넣어야 했다. 그래야 겨우 냉기를 쫓아내면서 그나마 온기를 조금이라도 느낄 수 있었다. 우리 두 손이 더러운 쓰레기를 뒤지면서 먹을 것을 찾는다고 갈고리처럼 움직였다. 우리는 두뇌가 신경을 통해 지시하는 대로 본능적으로 움직였다. 위장, 눈, 코, 입이 얌전해질 때까지 그들을 위해 움직였다. 어쩔 수 없이 해야 하는 우리 두 손의 역할이었다. 두뇌는 우리 두 손을 하찮게 여겼다. 위장이나 눈, 코, 입은 두뇌에 막무가내로 허기를 쫓아달라고 들볶았다. 그들 닦달에 두뇌는 우리 두 손을 멋대로 부려먹었다. 한 해 한 해 자라면서 위장이나 눈, 코, 입은 점점 뻔뻔스럽게 변했다. 두뇌가 그것들을 뻔뻔스럽게 만들었다. 두뇌가 커가면서 역한 냄새가 싫어졌고, 예쁜 깃들이 좋아졌고, 쉽게 따뜻해지는 것들만 찾게 되었다. 중학교 가는 길목 호떡집에서 풍기는 냄새는 언제나 위장과 눈, 코, 침샘을 자극했다. 호떡을 먹으면 가슴이 따뜻해질 것인데…… 혼자 중얼거렸다. 아무도 도와주지 않았다. 입안에 가득 찬 침을 텅 빈 위장으로 꿀꺽 삼켜 보냈다. 하루 이틀 사흘 눈, 코, 입들은 두뇌를 자극했다. 눈, 코, 입, 위장은 안달했고 두뇌는 점점 그들 안달을 못 이겼다. 우리 두 손에게 펀치기 하듯이 움직이라고 명령을 내렸다. 몇 번씩 호떡집을 스치며 눈으로 힐끗 호떡집 아줌마 동정을 살피곤 했다. 결국 아줌마 몰래 잽싸게 호떡을 집어서 구석진 골목에서 호떡을 먹었다. 따뜻하고 달콤하고 맛있었다. 삽시간에 냉기가 사라졌다. 도둑질은 온몸을 따스하게 녹였다. 도둑질은 황홀했다. 눈, 코, 입, 위장이 얌전해졌다. 우리 두 손이 아니면 할 수 없는 짓거리였다. 본격적으로 도둑질이 시작되었다. 그들은 당연하게 우리 두 손을 부리기 시작

했다. 두뇌는 신경을 통해 나날이 온갖 방법을 가르쳤다. 손
가락 마디에 자극을 줬다. 우리 두 손이 잽싸고 능숙하게 움
직일수록 두뇌는 점점 영악하게 웃었으며 위장, 눈, 코, 입은
희희낙락거리며 좋아했다. 그들이 희희낙락거릴수록 우리 두
손은 으스댔다. 우리 두 손 덕분에 온기가 온몸 구석구석 흐
른다고. 손가락들의 움직임은 번개보다 빨랐고 귀신처럼 움
직였다. 열 손가락들은 나날이 여러 가지 도둑질을 묘기 부리
듯 펼쳤다. 눈은 바람개비처럼 움직이며 도둑질할 것들을 찾
았다. 점점 도둑질할 것들이 많아졌다. 손가락들이나 눈동자
그리고 위장과 입안이 바쁘게 움직일수록 두뇌로 뻗는 신경
다발은 독기로 시커멓게 변하며 굵어졌다. 훔치고 싶은 것들
이 많아질수록 주변 시선이 의식되었다. 그래도 도둑질이 쉽
게 여겨졌다. 지하철이나 버스 안에서 소매치기는 눈 깜짝할
사이 귀신처럼 하게 되었다. 도둑질로 돈을 쉽게 만들 수 있
었다. 돈으로 따뜻하게 할 수 있는 것들을 쉽게 얻을 수 있었
다. 먹을 것이든 입을 것이든, 백화점을 내 집처럼 들락거렸
다. 세상이 단순하게 보였다. 할아버지 말은 잊은 지 오래였
다. 우리 두 손으로 할 수 있는 것들은 많았다. 느와르 영화
주인공처럼 손가락 사이에 담배를 끼울 수 있다. 손가락 사이
로 뿜어내는 담배 연기는 니코틴 중독을 만들었다. 또 핸드폰
으로 온갖 게임도 신나게 할 수 있었다. 게임에 중독되는 것
도 전혀 모를 정도였다. 사춘기 여름날 덜컥거리는 버스 안에

서 비틀거리는 계집애를 잡아주다 우연히 잡힌 가슴이 따뜻했다. 또 다른 온기를 느꼈다. 두뇌를 짜릿하게 하는 온기였다. 착한 척할 수 없었다. 독기로 만들어진 온기였다. 그때부터 두 손은 여자애들을 괴물처럼 쫓아다녔다. 그 후 우리 두 손은 도둑질의 대상이 여자애들일 수도 있다는 것을 알았다. 우리 두 손이 얼마나 쓸모 있는지 한층 더 알게 됐다. 험상궂게 눈을 부릅뜨고 주먹 쥐고 윽박지르면 여자애들이 벌벌 떨었다. 그 모습을 음흉하게 웃으며 즐겼다. 우리가 할 일은 많았다. 좋은 일이든 나쁜 일이든 가리지 않고 많았다. 하지만 나쁜 일들이 점점 더 많아졌다. 두뇌도 나쁜 짓을 깨닫지 못했다. 오히려 두뇌는 우리 두 손을 일심동체로 자랑스럽게 여겼다. 젊은 날 함께했던 날들은 두뇌 깊숙이 기억되었다. 두 손에 독기가 중독되었다. 두 손에 있던 독기는 신경 다발을 통해 두뇌로 퍼졌다. 두뇌도 독기로 물들어갔다.

왼손 2

배신에 대해 간단하게 말할 수 없다. 고통에 따른 변신이라면 배신이라고 할 수 없다. 할아버지와 한 약속을 지키고자 했다면 배신이 아니다. 굳게 지키기로 한 할아버지 말을 거역한 오른손이 배신을 한 것이다. 통증을 겪어보지 않고 함부로 배신이라 말하지 마라. 왼쪽 손가락들이 절단된 것을 후회하지 않는다. 지금 생각하면 스물다섯 살 그때 손가락이 절단된 것을 다행이라 생각한다. 그때 통증을 겪고 절단된 후 할아버지가 말한 온기가 어렴풋이 두뇌에서 기억되었다. 스물다섯 살 때 열 손가락들이 온갖 묘기를 부리며 독기 서린 짓거리들을 할 때였다. 편의점 사건은 두 손이 한 마지막 독기 서린 짓으로 기억된다. 두뇌는 독기에 극도로 중독됐다. 독기에 중독된 두뇌에 이성은 없었다. 밤늦게 자주 들렀던 S편의점 아르바이트생 여자가 자주 눈 속으로 들어왔다. 점점 눈동자들이 여자 쪽으로 돌아가면서 벌겋게 흥분되었다. 열 손가락이 징그럽게 꿈틀거렸다. 입안에 군침이 고이면서 입가로 질질 흘러내렸다. 두뇌는 아르바이트생 여자 때문에 뜨겁게 끓어올랐다. 그 여자의 퇴근 교대 시간은 밤 열한시였다. 여자는 홀로 자취하며 아르바이트를 하는 여대생이었다. 그 여자를 볼 때마다 허기질 때 먹던 맛난 음식들이 생각났다. 여자는 산동네 반지하방에 거주했다. 망설일 이유가 없었다. 음흉하게 두 손을 휘두르며 여자 온기를 느끼고 싶다. 장마철엔 더욱 쉽게 여자를 겁탈할 수 있다. 그해 장마는 유달리 길었다. 빗소리는 몸 구석구석까지 흥분시켰다. 세 평짜리 반지하방에서 여자는 우리 두 손 안에서 놀아났다. 울면서 부르짖는 소리는 간단히 두 손으로 틀어막았다. 반항하는 여자 얼굴과 등짝을 우악스럽게 주먹으로 힘껏 때렸다. 여자는 악을 쓰며 반항했다. 여자가 악을 쓰며 발버둥칠수록 눈, 코, 입은 충혈되었고 숨소리는 심하게 거칠어졌다. 반지하 세 평짜리 단칸방은 아수라장이 되었다. 여자의 온기를 무자비하게 빼앗았다. 두 손은 베토벤 교향곡「운명」제1악장을 연주하듯이 여자를 다뤘다. 두뇌는 미쳤다. 여자는 피범벅이 되었다. 여자의 울음이나 고함도 귀에 들리지 않았다. 여자는 반 혼수상태로 아랫도리가 찢어졌다. 방바닥에 쓰레기처럼 너절하게 늘어진 여자를 음흉하게 웃으며 쳐다본 후 두 손을 자랑스럽게 흔들며 문을 열었다. 문턱 바닥이 빗물로 미끄러웠다. 문을 열고 나가려는 순간 바닥에 미끄러졌다. 그때 여자가 미친 듯이 덤벼들면서 왼손을 꽉 깨물었다. 죽음을 각오한 여자의 발악이었다. 독기 서린 여자의 한이 왼손가락에 스며들었다. 통증은 순간적으로 온몸을 부쉈다. 두뇌가 전율로 발광했다. 죽음보다 더 큰 통증이었다. 숨이 막힐 만큼 아팠다. 며칠간 대수롭지 않게 여겼는데 물린 왼쪽 손가락들에 여자의 독기가 스며들어 통증은 나날이 커졌다. 물린 자국에 세균이 침투했다. 세균의 독기는 손가락 마디에 퍼졌다. 왼쪽 손가락 마디마디에 염증이 생겼다. 온몸에 있던 백혈구들이 왼쪽 손가락으로 몰려왔지만 세균의 독기를 이겨내지 못했다. 왼쪽 손가락들은 노란 고름으로 퉁퉁 부었다. 왼손이 터질 듯이 부풀어 올랐다. 세균의 독기는 팔뚝으로 퍼지면서 온몸에 번졌다. 손가락들은 염증으로 썩어갔다. 세균의 독기는 신경 다발들을 고통으로 몰아붙였다. 두뇌는 통증으로 갈기갈기 찢어지는 듯했다. 두뇌는 발광했다. 며칠 밤 식은땀을 흘리며 온몸이 갈기갈기 난도질당하는 듯한 고통을 겪었다. 차라리 죽고 싶을 만큼 통증은 최악이었다. 온몸은 38도 이상 고열로 달아올랐다. 체온이 오를수록 온몸은 벌벌 떨렸다. 식은땀이 줄줄 흘러내렸다. 혼미한 가운데 세균의 독기로 난도질당하던 두뇌 한구석에서 원장 할아버지의 말들이 되살아났다. 36.5도 체온을 지켜야 돼. 그러기 위해서는 서로 착하게 사랑해야 한다고. 서로 착하게 사랑하는 것이 매우 힘들다는 것을 두뇌는 어렴풋이 깨달았다. 착해지고 싶었다. 하지만 왼손이 썩으면서 세균의 독기는 더욱 기승을 부렸다. 왼손이 시커멓게 변하면서 썩는 냄새가 났다. 결국 썩은 손가락들을 절단했다. 다시는 죽음보다 더 잔혹한 통증을 겪고 싶지 않았다. 왼손은 겨우 가슴의 온기를 느끼며 두뇌에게 부탁했다. 착해지고 싶다고. 왼쪽 두뇌도 착해지고 싶다고 했다. 하지만 착하게 사랑하는 방법을 찾기가 힘들었다. 몸이나 두뇌는 독기에 심하게 중독되어 있었다. 왼쪽 팔에 남아 있는 신경들이 통증에 대한 신호를 왼쪽 두뇌에 보냈다. 아파서 아무것도 생각할 수 없었다. 너무 아팠어. 36.5도 체온을 착하게 찾아야 돼. 원장 할아버지가 말했던 때부터 다시 기억을 더듬으며 착해지는 짓을 시작해야 했다.

오른손 2

배신했다고. 배신하지 말라고. 지난 이십여 년 동안 왼손은
꾸준히 목소리를 높이며 잔소리를 해댔다. 할아버지 말을 기
억하라며. 오른손은 잔소리 듣기 싫다며 버럭 화를 내곤 했
다. 이십여 년간 싸움은 치열했다. 이렇게 치열하게 싸울 줄
몰랐다. 하루라도 조용할 날이 없었다. 우리 두 손이 치열하
게 싸울수록 누뇌는 두 쪽으로 갈라졌다. 두뇌는 매일 걷잡
을 수 없을 정도로 요동쳤다. '배신이다' '아니다' '착해지자'
'36.5도를 지키자' '나도 36.5도를 지키려고 발버둥 친다' 끝
이 보이지 않는 싸움을 끊임없이 했다. 왼쪽 손가락들이 절단
된 후 아무것도 할 수 없었다. 팔뚝만이 허공에서 허우적거렸
다. 오른쪽 손가락을 움직이기 힘들었다. 제대로 움직일 수
없었다. 두 팔, 두 손이 움직여야 했다. 우리는 함께 움직여야
한다는 것을 그때 알았다.

절단된 후 처음 힘없이 멍하게 서로만 바라봤다. 어떻게 움
직여야 하지? 왼쪽 팔뚝만 땀을 뻘뻘 흘리며 낑낑거렸다. 왼
쪽 손가락들이 그리웠다. 오른쪽 손가락을 움직여봤다. 어색
했다. 어떤 물건도 잡을 수 없었다. 그냥 툭 떨어뜨렸다. 일심
동체여야 했다. 두뇌도 우리를 조종하는 법을 잊어버렸다. 신
경 다발들은 혼돈으로 들쑥날쑥했다. 하지만 눈, 코, 입, 위
장은 통증을 잊어버린 채 더욱 뻔뻔스럽게 아우성쳤다. 그것

들은 여전히 뻔뻔스러운 스스로를 모르고 있다. 가슴의 온기도 식어갔다. 이미 뻔뻔스럽게 변한 눈, 코, 입, 위장은 두뇌를 괴롭혔다. 빨리 오른손만이라도 뭐든 저지르게 하라고, 독기에 물든 오른쪽 두뇌가 꿈틀거렸다. 신경 다발을 통해 독기를 오른쪽 손가락으로 전달했다. 오른쪽 손가락 신경과 근육이 독기로 꿈틀거렸다. 오른손은 독기에 다시 중독되었다. 독기 서린 짓거리를 다시 시작했다. 그때부터 오른손과 왼손의 싸움은 점점 치열해졌다.

구치소와 교도소를 들락거리며 온갖 사람들을 만났다. 오른손은 당당해졌다. 왼손은 부끄러웠다. 모두가 왼손, 오른손 움직임이 달랐다. 모두 오른손, 왼손 싸움이 치열했다. 사람들은 36.5도 체온을 지키려고 발버둥쳤다. 사람들은 조용하지 않았다. 조용할 수 없었다. 그러던 어느 해 갑자기 세상에 역병이 창궐했다. 사람의 온기를 잡아먹는 바이러스가 출현했다. 바이러스는 어떻게 창궐했는지 사람들은 전혀 알지 못했고 알 수도 없었다. 38도 이상 고열로 치솟으면 사람들은 픽픽 쓰러지며 하늘나라로 올라갔다. 할아버지처럼 웃으며 하늘나라로 올라가지 못했다. 잔뜩 찡그리고 고통스럽게 하늘나라로 올라갔다. 바이러스는 며칠 만에 사람 온기를 싹 잡아먹었다. 사람들은 36.5도를 지키려고 몸부림쳤다. 하지만 소용없었다. 바이러스 공포는 세상을 꼼짝 못하게 했다. 그렇게 기고만장하던 사람들도 바이러스 독기에 픽픽 쓰러졌다.

공포와 허무만이 보였다. 어처구니없는 세상이 되었다. 36.5도를 지키는 것이 그렇게 힘든 것인지 모두 알게 되었다. 모두 절망했다. 36.5도 가슴 온기가 소중하게 여겨졌다. 할아버지 말씀이 새삼 두뇌에 되새겨졌다. 역병이 세상에 퍼지는 동안 오른손은 잠시 얌전해졌을 뿐이었다. 하지만 얌전한 것도 며칠뿐이었다. 36.5도를 지키기 위해 독기 서린 짓거리를 혼자라도 해야 한다고 아우성이었다. 그리고 더욱 악랄한 짓거리를 했다. 아무리 왼손이 달래고 애원해도 소용없었다. 독기에 중독된 두뇌와 함께 역병도 잊은 채 오른쪽 손가락들을 음흉하게 움직였다. 왼손은 안타까울 뿐이었다. 역병의 공포를 겪으면서도 독기 서린 짓거리를 계속하니 답답했다. 왼손은 통증의 상처를 기억하라고 매일 오른손을 달랬다. 가끔 오른손도 왼손의 잔소리에 귀찮아하며 잠시 독기 서린 짓거리를 멈춘다. 그때 왼손은 오른손에게 착해져야 할 이유를 털어놓는다. 가슴에 손을 얹어보라고. 예전 할아버지의 따스한 손길을 기억하라고. 두근거리며 할아버지 온기가 기억될 것이라고. 온기는 두뇌를 편하게 한다고. 입도, 눈도 착하게 웃을 수 있다. 오른손이 하는 독기 서린 짓거리들은 열기만 만들 뿐이다. 열기가 커지면 몸속 물까지 증발시켜서 결국 몸을 태우게 된다. 죽고 싶을 정도의 고통을 느끼면서 몸은 타들어간다. 오른손은 왼손에게 큰소리로 궤변을 늘어놓는다. 사람들은 모두 나약해. 35도에서 38도 사이에서 겨우 움직일 수 있어. 조금만 더 춥거나 더워도 픽픽 쓰러져서 하늘나라로 가버리지. 역병처럼 온도를 빼앗는 바이러스가 나타나면 모두 그냥 전멸이야. 어떤 짓거리를 해서라도 36.5도를 지켜야 한다고. 세상에서 가장 뛰어난 종족으로 살아남아야 한다고. 오른손은 고함지른다. 오히려 왼손 하는 짓이 가소롭다고 비웃기조차 한다. 서로 치열하게 싸우는 동안 우리 두 손 신경다발이 두뇌에서 만나 두뇌를 혼란스럽게 만든다. 착한 왼쪽 두뇌를 더 깊게 고민에 빠지게 하면서.

왼손과 오른손 2

배신이다. 아니다. 꽃집 할머니가 하늘나라로 떠나고 일 년이 지나면서 두뇌는 양쪽 싸움으로 점점 더 혼미해졌다. 양쪽에서 서로 옳다고 극성을 떤다. 두뇌는 두 손뿐만 아니라 눈, 코, 입, 위장, 심지어는 발이나 귀에서 오는 신경들이 두뇌에서 만나 서로 옳고 그르다고 아우성치는 바람에 혼란에 빠졌다. 신경을 통해 온 독기들로 두뇌는 가득 찼다. 왼쪽 두뇌 구석에서 할머니와의 추억을 기억하며 눈물샘을 자극한다. 오른쪽 두뇌는 으르렁거리는 오른쪽 손이나 귀, 눈 때문에 미칠 수밖에 없다. 하루라도 평온한 날이 없다. 두뇌는 신경들이 부르짖는 배신을 정확하게 판단할 수 없다. 무조건 36.5도 체온을 지켜야 한다는 생명의 말만 두뇌 깊숙이 기억하고 있다. 부르짖는 배신을 정확하게 가릴 수 없다. 모두가 옳기도 하고 나쁘기도 하다. 몸의 어느 구석에서든지 36.5도를 지키려고 온갖 수단과 방법을 가리지 않기 때문이다. 신경들은 두뇌에서 복잡하게 뒤엉켜서 서로 찍찍거리며 두뇌를 괴롭힌다. 서로 옳다고 아우성 칠 때마다 두뇌는 오른쪽 왼쪽으로 나뉘어 몸이 끝없이 싸우는 것을 지켜볼 뿐이다. 누구나 몸은 반쪽으로 나뉘어 싸울 수밖에 없다. 사십여 년 매일 되풀이되는, 체온을 지키기 위한 싸움이다. 가슴에서 느껴지는 온기만이 두뇌를 잠시 편안하게 했다. 왼손만이 가슴의 온기를 기억했다. 꽃집에서 일하기 전에 왼쪽 두뇌도 왼쪽 손가락이 잘리면서 겪었던 통증 때문에 가슴의 온기를 가끔 기억했다. 왼손은 꾸준히 두뇌가 가슴의 온기를 기억하게끔 애썼다. 차츰 왼쪽 두뇌의 독기가 사라지면서 착하게 살아야 한다는 할아버지의 유언이 떠올랐다. 하지만 오른쪽 두뇌의 독기가 지독해서 오른손의 독기 서린 짓거리를 막을 수 없었다. 그런데 왼쪽 두뇌가 착해지면서 예전 독기 서린 짓거리들이 후회스러워졌다. 착해진 왼쪽 두뇌는 어릴 적 맡았던 꽃향기나 아름다운 석양을 기억했다. 보육원 할아버지와 함께 맡았던 꽃향기였고 아름다운 석양이었다. 보육원 마당에서 신나게 뛰어놀면서 계절마다 온갖 꽃향기를 달콤하게 맡았다. 마당에서 구름들이 만드는 여러 가지 예쁜 그림을 보기도 했다. 보육원 마당에 깔리는 석양은 아름다워서 가슴이 두근거리기도 했다. 꽃향기가 코를 자극하고 석양이나 예쁜 구름들이 떠오르자 어린 시절이 그리워졌다. 코와 눈이 찡했다. 콧물, 눈물이 생겨났다. 콧물과 눈물은 왼쪽 코와 눈의 독기를 씻었다. 마흔 살을 넘기자 꽃이나 구름을 보면 쉽게 콧물, 눈물이 흘러내렸다. 할머니 꽃집에서 풍겨오는 꽃향기는 유달리 코를 자극했다. 꽃집은 동네 귀퉁이 아담한 가게였다. 할머니는 소일거리로 꽃을 가꾸며 동네 사람들에게 꽃을 팔았다. 꽃처럼 예쁜 할머니였다. 꽃향기가 할머니에게서도 나는 것 같았다. 언제나 꽃처럼 화사하게 웃음을 지었다. 봄, 여름, 가을마다 계절 꽃들을 가게에 장식했다. 꽃집이 문을 열면 봄이 시작되었고, 꽃집이 쉬면 겨울이 되었다. 겨울에는 할머니를 볼 수 없었다. 동네 사람 모두 꽃집을 지나면서 잠시나마 꽃향기에 취해 웃음을 짓곤 했다. 꽃을 살 때마다 할머니는 덤으로 꽃 한 송이를 더 줬다. 간혹 꽃에 싸여 있는 할머니가 천사처럼 보일 때가 있었다. 저녁 퇴근길, 팔다 남은 꽃을 한 송이씩 주곤 했다. 모두 선물 받은 꽃송이를 집에 가져갔다. 웃으면서 할머니에게 고맙다고 인사했다. 지친 얼굴이 잠시 사라졌다. 모두 다 꽃향기에 잠시 피로를 풀곤 했다. 왼손과 왼쪽 두뇌도 꽃을 사서 꽃향기에 취하고 싶었다. 하지만 오른손은 꽃향기에 거부 반응을 일으켰다. 왼쪽 팔뚝만 간혹 꽃을 쥐고 싶어 허우적거렸다. 오른손과 오른쪽 두뇌는 냉정했다. 오른쪽 두뇌는 독기 서린 짓거리를 할 궁리만 했다. 오로지 더럽고 퀴퀴한 냄새만 찾아다녔다. 오른손은 할머니가 선물로 주는 꽃송이를 받자마자 쓰레기통에 내동댕이쳤다. 왼손은 그때마다 슬펐다. 왼쪽 눈은 부드럽게 할머니를 봤고, 오른쪽 눈은 음흉하게 꽃집 안을 훑어보곤 했다. 나쁜 짓을 하면 안 된다고 왼손은 꽃집을 지날 때마다 오른손에게 애원했다. 하지만 오른손은 어느 초여름 늦은 밤에 기어코 꽃집 할머니에게 독기 서린 짓거리를 저질렀다. 그날은 오른손이 온종일 독기 서린 짓을 하지 못한 날이었다. 오른손과 오른쪽 두뇌는 독기로 가득 찼다. 오른손은 꽃집을 얌전하게 지나지 못했다. 문을 닫으려는 할머니를 오른손 주먹으로 가격해서 넘어뜨린 후 도둑질을 했다. 할머니는 넘어지면서 꼼짝 못했다. 허리를 다쳤다. 아파서 끙끙대는 할머니에게 오른손은 더욱더 독기 서린 짓을 했다. 온기로 가득 찬 젖가슴에 온갖 짓을 다 했다. 할머니는 신음하면서도 조용히 오른손이 하는 짓을 웃으면서 놔뒀다. 할머니의 눈가 웃음에 눈물이 번졌다. 왼쪽 눈도 함께 울었다. 내 아들같이 사랑스럽다고 부드럽게 말했다. 할머니는 지나가는 사람들에 의해 구출되어 병원으로 갈 수 있었다. 오른손 때문에 구속되었다. 왼손은 힘없이 덜렁거렸고 왼쪽 두뇌는 서글펐다. 할머니는 아픈 몸을 이끌고 경찰 지구대로 찾아와 내 아들 같은 놈이니 풀어달라고 애원했다. 오른손은 능청스럽게 웃기만 했다. 왼손은 그냥 보고만 있을 수 없었다. 왼쪽 두뇌와 함께 오른손을 야단쳤다. 할머니는 거동할 수가 없었다. 왼쪽 두뇌는 할머니가 회복될 때까지 꽃가게를 관리하기로 했다. 매일 오른손을 야단쳐서 할머니에게서 꽃 가꾸는 방법을 배웠다. 할머니와 함께 노을 지는 바닷가를 산책도 하고, 바람 부는 언덕에서 예쁜 구름들을 보기도 했다. 할머니는 언제나 꽃향기를 풍기며 웃으면서 말했다. 왼손은 눈물이 날 정도로 기뻤다. 할머니와 많은 얘기를 나눴다. 오른손은 왼손 잔소리에 어쩔 수 없이 꽃 가꾸는 법을 배웠다. 할머니 대신 꽃가게를 운영했다. 꽃들이 얼마나 예쁘고 향기롭니! 우리처럼 움직이지는 못하지만. 바람 따라 꽃이 피고 지고 변함없이 세상을 아름답게 만들지 않니! 사랑스럽게 꽃들을 바라보는 할머니의 눈가 주름에는 늘 웃음이 머물렀다. 모두는 언제나 혼자인 것이야. 떠나버린 엄마를 원망하지 마렴. 혼자 36.5도 체온을 지켜나가야 해. 엄마도 아빠도 모두 혼자 36.5도 체온을 지키려고 떠났고 세상에서 헉헉대는 거야. 할머니는 노을 지는 하늘을 바라보며 오른손을 달랬다. 매일 꽃을 보는 왼쪽 눈가는 기쁨의 눈물로 촉촉했다. 왼쪽 코도 꽃향기로 가득했다. 오른쪽 두뇌도 왼쪽 두뇌의 잔소리에 점점 얌전해졌다. 매일 꽃을 만진 오른손에서도 독기가 점점 사라졌다. 할머니가 하늘나라로 가기 전까지 즐거운 나날이 왼손과 오른손에 계속됐다.

그러나……

찰
나
의

연극

삼십 초간 폭명이 초여름 저녁 하늘을 찢어놨다. 굉음은 순식간에 한적하던 왕복 6차선 거리에 퍼졌다. 홍시 같은 노을이 사거리 빌딩들 사이로 잔잔하게 퍼지고 있었다. 퇴근 시간이었지만 토요일이라 왕복 6차선은 붐비지 않았다. 초여름 바람만 노을에 젖은 빌딩들 사이를 훈훈하게 넘실거렸다. 굉음이 터진 후 찢어진 하늘에서 노을이 핏물처럼 쏟아졌다. 왕복 6차선 거리가 핏물로 흥건하게 젖었다. 찰나였다. 찢어진 하늘로 두 영혼이 사라졌다. 센텀 중앙로 사거리는 갑자기 아수라장이 되었다. 조각공원 가로수에 앉아 있던 새들이 놀라서 후다닥 날아갔다. 편의점 안에서 라면을 고르던 할머니가 놀라서 라면을 떨어뜨렸다. 카페 야외 좌석에 앉아 무심하게 노을을 바라보며 커피를 마시던 아가씨가 놀라서 커피를 쏟왔다. 웅성웅성 조용하던 사거리에 사람들이 모여들었다. 교통사고다. 누가 빨리 119에 연락해요. 지나가던 중년 부인이 크게 소리쳤다. 찢어진 하늘로 올라가는 두 영혼을 아무도 보지 못했다. 그들도 찰나 몇십 초 만에 변신할 줄 몰랐다. 그들이 하늘로 올라가면서 어떤 표정을 지었는지 스스로는 모른다. 울면서 올라갔는지 웃으며 올라갔는지, 아니면 무표정하게 갔는지. 저 택시 뒷좌석 사람은 꿈틀거려. 오토바이 탔던 청년은 꼼짝하시 않은 채 죽은 듯헤. 사람들이 떠드는 소리로 삽시간에 조용하던 저녁 시간은 박살났다. 경찰 순찰차 세 대와 119구급차 두 대가 요란하게 사이렌을 울리며 도착했다. "6차로 사거리에서 삼중 교통사고다. 사거리 건널목에 택시가 좌측으로 돌려진 채 있으며 택시 후방에 충돌로 소형 SUV가 거의 박살난 채 있다. 택시 우측에 1200시시 오토바이가 넘어져 있으며 오토바이 밑에 헬멧을 쓰지 않은 청년이 피를 흘리며 꼼짝없이 깔려 있다." 경찰들이 폴리스라인을 쳤다. 그리고 웅성대는 사람들을 정리하며 교통사고 현장 검증을 한다. 구급대원들은 우선 택시에서 운전기사와 승객을 급하게 구출해서 응급조치를 취한다. 택시에 탄 사람들은 산 거 같아. 오토바이 청년과 저 소형 자동차에 탄 사람들은 죽은 거 같아. 처음부터 사고 현장을 지켜보던 편의점 점원이 보고 하듯 말한다. 조용하던 사거리가 이렇게 시끄럽게 변하다니. 교통사고가 무섭긴 무섭네. 점원이 혀를 차며 혼자 중얼거린다. 6차선 사거리에 사람들 웅성거리는 소리, 순찰차와 구급차 사이렌 소리만 어둠 속에서 계속 울린다. 노을은 거리에서 사라졌다. 피 냄새가 진하게 퍼진다. 웅성거리는 사람들은 피 냄새에 얼굴을 찡그리며 걱정하는 한숨만 내쉰다. 구급차들이 먼저 떠나고 웅성거리던 사람들도 한 명씩 사라진다. 순찰차 두 대와 경찰관 몇 명만 남아서 현장 검증을 계속한다. 거리는 조용하게 어둠 속으로 빠져든다. 견인차가 와서 사고 차량들을 끌고 가자, 또다시 교통사고 전의 조용함이 거리를 채운다. 초여름 바람은 피 냄새를 품고 빌딩 사이를 휘젓고 다닌다. 피 냄새를 맡은 빌딩들은 그저 멍하게 어둠 속에 서 있을 뿐이다.

사고 사십 분 전

오늘 아버지 생신인 거 몰랐나? 며칠 전에 내가 전화로 꼭 올라오라고 했잖아. 엄마의 걱정스런 목소리가 들렸다. 아버지가 제게 해준 게 뭐 있다고 이제 와서 생신을 챙기죠? 무슨 자격으로. 제 결혼까지 반대하면서. 젊은이는 헐떡이던 숨을 잠시 멈췄다. 어쨌든 제 결혼을 인정할 때까지는 아버지를 볼 생각이 없습니다. K가 어떻다고 반대하시죠? 저는 아버지가 반대하더라도 이번 가을에는 결혼할 겁니다. 이제 저도 스물여덟이니까 부모 허락 없이 결혼할 수 있어요. 젊은이는 전화 속 어머니의 목소리가 떨리는 것을 알았다. 하지만 계속 내쉬는 어머니 한숨을 들으며 전화를 끊었다. 핸드폰을 손에 쥔 채 냉장고에서 냉수를 꺼내 벌컥 마셨다. 화가 난 숨소리는 쉽게 가라앉지 않았다. K에게 전화를 걸었다. 곧 갈 테니까 기다려. 언제나처럼 부드럽고 따뜻하게 K는 말했다. 천천히 와. 급하게 오토바이 타고 오다 사고 나면 안 돼. 조심해. 만나면 기쁜 소식 전해줄게. 기쁜 소식이라니? 젊은이의 목소리가 약간 들뜬 듯했나. 며칠 진 섹스 후 K가 이번 달 생리가 나오지 않는다며 걱정했다. 지난번까지는 정상이었다면서, 불규칙적인 것이 처음이라면서. 다시 한 번 K를 껴안고 뜨겁게 섹스를 했다. K와 전화를 끊은 후 혹시 임신일까 하는 기대감이 스쳤다. 그녀의 목소리를 들은 후 화를 품은 숨소리가 잦아들었다. 며칠 후 공연할 바이올린 연주곡 악보를 정리하고 연미복을 다시 점검했다. 핸드폰이 울렸다. 어머니였다. 핸드폰을 귀에 대자마자 아버지의 화난 목소리가 귓속에서 터졌다. 아버지의 목소리는 어릴 적부터 가슴을 짓눌렀고 머리를 쪼개는 듯했다. 아버지가 소리 지를 때마다 죽이지 않을까 두려워서 엄마 뒤로 숨어서 바들바들 떨었다. 아버지를 보면 쓰러질 것 같았다. 커서도 바들바들 떨리는 건 여전했다. 아버지가 고함을 지르면 쏜살같이 방으로 숨었다. 전화를 끊을 틈도 없었다. 아버지 목소리가 귓속에서 꽝꽝 울렸다. 손이 부르르 떨리기 시작했다. 스트레스 호르몬이 손에서

부터 시작해서 가슴을 통해 머리까지 차올랐다. 핏물들이 얼굴에 몰려 뜨겁게 끓어올랐다. 자율 신경은 균형을 잃어버렸다. 언제까지 핏물을 부글부글 끓게 할 것인지? 머릿속 핏물들은 이미 터질 만큼 부풀었다. 코르티솔은 최대치로 분비되었다. 아버지 고함에 떨고 있을 수 없었다. 너는 오늘 아비 생일인 줄 몰랐냐? 엄마가 전화로 말을 안 했냐? 말없이 씩씩거리는 숨소리를 대답으로 보냈다. 왜 대답이 없냐? 이 불효자식아! 불효자식이라니? 언제 아버지 노릇을 제대로 한 적 있는지? 어릴 때부터 일주일에 겨우 한두 번 볼까 말까 할 정도였다. 밤늦게 와서 고래고래 고함이나 치며 나와 엄마를 벌벌 떨게 했다. 엄마를 도저히 이해할 수 없었다. 오히려 왜 저런 아버지와 살아가는지 엄마에게 불만만 쌓여갔다. 중학생으로 세번째 가을을 맞을 때였다. 방과 후 학교 근처 골목에서 고등학생 한 명이 불쑥 나타나서 그를 끌고 갔다. 고등학생은 화난 얼굴로 그의 머리를 쿡쿡 쥐어박고 등짝을 때리며 따귀를 갈겼다. 너희들 때문에 우리 엄마와 내가 아버지에게 구박 받으며 살고 있어! 무슨 말인지 몰랐다. 영문도 모른 채맞고 난 후 그에게 대들자, 네 엄마가 아버지를 꼬셔서 너를 낳은 거야. 그 고등학생은 이복형이었다. 아버지는 양쪽 집에 다 몹쓸 아버지였고 남편이었다. 중소기업의 사장이라는 명함 때문에 두 엄마는 참으며 살아왔다. 남자 놈이 무슨 깽깽이 같은 악기를 연주하겠다니! 경영학과나 가거라. 명령이다. 아버지는 막무가내였다. 바이올린 연주곡에 마음을 다스리던 젊은이는 아버지에게 반항하며 음대에서 바이올린을 전공했다. 아버지를 피해 지방대에 지원했다. 음대 바이올린 전공을 택한 것은 그로서는 아버지와의 단절을 뜻했다. 아버지 같은 유전자가 있을까 걱정하며 정체성에 대한 고통으로 사춘기를 보냈다. 음대에 입학했을 때 하늘을 향해 통쾌하게 웃었다. 대학교 입학 후 명절 때만 아버지를 만났다. K와 결혼을 결심하고 아버지에게 이야기를 꺼냈을 때 버럭 화를 내면서 결혼을 반대했다. 가문 타령, 체면 타령, 경제적 문제 등 어처구니없는 명분으로 반대했다. 더 이상 들을 수 없어 엄마가 애타게 부르는데도 그냥 집을 뛰쳐나왔다. 그 후 아버지는 간혹 전화를 걸어서 가슴을 찌르는 말을 했다. 음대를 관두지 않으면 등록금을 줄 수 없다는 둥, 이제는 독립해서 자력으로 살아가라는 둥, 전화할 때마다 불효자식이라는 말을 했다. 그동안 듣기만 하고 씩씩거리지는 않았다. 하지만 오늘은 가만히 듣고 있을 수만은 없었다. 아버지는 그의 씩씩거리는 숨소리도 듣지 않은 채 고함을 질렀다. 가슴이 터질 것 같은 말을 계속했다. 내일 당장 서울 올라와서 아비 친구 딸과 선을 봐라. 네가 사귀는 여자와는 절대 결혼하지 못한다. 그 여자와 결혼하면 너를 호적에서 지울 거야. 아버지가 쏟아내는 말들은 폭탄처럼 귓속에서 터졌다. 부글부글 끓는 핏물 때문에 머리가 터질 듯했다. 머릿속 뇌신경은 끓는 핏물로 엉망진창이 되었다. 마음대로 해라! 이 잡것아! 젊은이가 핸드폰에 내 뱉은 마지막 말이었다. 그대로 핸드폰을 책상 위에 부서질 듯 던졌다. K가 보고 싶다는 생각만이 터질 듯한 머릿속에서 떠올랐다. 그녀를 봐야 들끓는 핏물이 진정될 것 같았다. 눈이 충혈되어 신발장 위의 헬멧이 보이지 않았다. 일 초라도 빨리 그녀를 보고 싶다는 생각에 헬멧을 찾을 겨를이 없었다. 급히 아파트를 나서 오토바이를 탔다. 분통으로 온몸의 신경은 고장이 났다. K만이 눈앞에 어른거렸다. 빨리 만나서 K의 품 안에 안기고 싶었다. 씩씩거리는 것만큼 1200시시 오토바이는 폭음을 내며 광안리 쪽으로 달렸다. 오토바이는 무섭게 폭풍을 일으켰다. 스쳐가는 신호등 색깔들이 눈에 들어오지 않았다. 빨강, 파랑, 노랑이 수시로 차도에서 바뀌었다. 광안리 쪽으로 핸들을 계속 돌렸고 액셀을 힘껏 밟았다. 센텀 중앙로 신호등이 노랑이었다. 멈출 수 없을 정도로 오타바이는 광풍을 일으켰다. 노랑 신호등이 깜빡거렸다. 오토바이를 멈추면 가슴이 터질 것 같았다. 그 순간 더 힘껏 액셀을 밟았다. 센텀 중앙로 건널목에 택시가 보였지만 빨간불로 바뀌기 전에 지나가야겠다고만 생각했다.

이십팔 년간 젊은이는 '왜'냐는 물음 속에 살았다. 몸에 입혀진 물음은 끝이 없었다. 자라면서 스스로 몸에게 질문을 던졌다. 이십팔 년간의 몸은 답을 주지 않았다. 한 해 한 해 커겨가는 물음에 시달리며 불면증으로 밤을 지새웠다. 눈을 감기도 하고 귀를 막기도 하고 입을 닫기도 했지만 나만 있는 세상이 아니었다. 몸들이 부딪히면서 더욱 물음은 커져갔다. 왜? 왜? 나는 왜? 이 세상은? 하늘로 올라가면서 젊은이의 의문은 시원하게 끝났다. 무표정할 수 있어서 좋았다. 하늘 아래가 무채색으로만 보였다.

사고 삼십 분 전

거의 한 시간 정도 공차였다. 초여름 주말이라 혹시 피서객들이 해운대를 빨리 찾지 않을까 생각했다. 하루 종일 해운대 거리에 머물렀다. 오전에 기본요금 거리만큼 세 번 운행했다. 오후에 일광 가는 승객을 태운 후 장거리 승객은 없었다. 한 시간 간격으로 겨우 두 번 가까운 거리의 승객을 태웠다. 지갑엔 육만 원 남짓한 수입금이 있다. 몇 번씩 세어봐도 답답한 마음만 생겼다. 내일은 비번이고 곧 파트너와 택시를 교대할 시간이 되었다. 사납금 십이만 원을 채울 수 없을 것 같았다. 어제도 사납금이 이만 원 부족했다. 비상금으로 이만 원을 보충했다. 요즘 경기가 나빠서 사납금도 맞추기 힘들다. 비상금마저 바닥이 보였다. 가슴이 탔다. 담배만 태울 뿐이다. 해운대역 앞에 빈 택시가 즐비했다. 택시마다 병든 닭 같은 동료 기사 얼굴들이 보였다. 환갑이건만 여전히 헉헉거리며 하루살이 생활을 해야 하니 스스로 한숨만 나올 뿐이었다. 내 인생이 언제, 어디서부터 잘못됐지? 하루에 한 번쯤 되새겨보는 한숨 덩어리 반성문을 머릿속에 적어봤다. 여전히 모르겠다는 답만 나왔다. 끝까지 반성문을 완성할 수 없었다. 담배 한 개비로 반성문을 지워버렸다. 한 시간 안에 사납금을 채워야 한다는 조급함으로 두번째 담배에 불을 지폈다. 나는 실패했어. 자책하는 담배 연기만 뿜어댔다. 택시 정류장에서 공차로 기다리다가 첫 순번이 되었다. 육십대 취객이 비틀거리며 택시에 탔다. 승객이 탈 때마다 취조하는 형사처럼 승객의 행색을 날카롭게 살핀다. 술은 마셨지만 점잖고 말끔한 행색이었다. 여유가 있어 보이는 옷차림이었다. 많이 취하지는 않았지만 얼굴엔 벌겋게 술기운이 있었다. 범어사 쪽으로 갑시다. 장거리 승객이었다. 출발과 동시에 피곤한지 혹은 취했는지 눈을 감았다. 잠이 든 듯했다. 머릿속이 간악하게 움직였다. 누군가를 생각할 겨를이 없었다. 적당하게 돌아가면 오천 원 정도는 더 요금이 나올 듯했다. 센텀 중앙로 쪽으로 핸들을 돌렸다. 백미러로 힐끗 승객을 봤다. 아직 눈을 감고 있었다. 핸들 돌리는 손이 빠르게 움직였다. 몇천 원의 유혹은 절실했다. 목구멍으로 꿀꺽 침을 삼켰다. 이때다. 입안에 고인 침이 탐욕스럽게 목젖으로 넘어갔다. 그의 음모는 성공인 듯했다. 핸들을 돌리자마자 다시 한 번 백미러로 승객을 훔쳐

봤다. 여전히 눈을 감고 잠을 자는 듯했다. 미안하다는 생각보다는 가욋돈을 챙겼다는 흥분만 느꼈다. 콧노래가 절로 나왔다. 핸들을 부드럽게 움직였다. 승객이 깨어나지 않도록 조용히 운전했다. 벡스코 정문 앞 건널목에서 빨간 신호를 받고 섰다. 행사가 있는지 차량이 엄청 많았다. 벡스코 정문으로 진입하려는 차들로 붐볐고, 다른 차가 갑자기 경적을 울렸다. 경적 소리는 아주 컸다. 순간 승객이 잠에서 깬 듯 어리둥절한 표정으로 두리번거리며 택시 창밖을 살폈다. 어디로 가는 거요? 범어사 쪽으로 간다고 했는데요? 벡스코 쪽이 아니고 수비 삼거리로 바로 가야 하는데…… 승객은 의아한 듯 말끝을 맺지 못했다. 순간 변명이 구차하게 나왔다. 수비 삼거리가 너무 막혀서 빠른 길로 간다고 이쪽으로 왔어요. 백미러로 승객을 보면서 당연하다는 듯 말을 했다. 순간 승객 얼굴이 처음 탈 때보다 더 벌겋게 달아올랐다. 누굴 바보로 아는 거요? 일주일에 한두 번씩 다니는 길인데, 취객이라고 뺑 돌아서 가겠다는 거 아뇨? 순간 움찔했고 구차한 변명이 계속됐다. 벡스코 여기만 막히지 센텀 중앙로로 가는 것이 더 빠릅니다. 승객의 화난 목소리가 뒷좌석에서 터졌다. 나이깨나 먹은 기사께서 이렇게 택시 운전하면 안 되지. 부당 요금 해봤자 몇천 원밖에 안 될 건데. 그 정도 푼돈에 양심을 팔다니. 양심을 판다는 말을 몇 번이나 되풀이하면서 승객은 목청을 힘껏 높였다. 혈압 올라가는 소리가 목등에서 들렸다. 혈압은 순식간에 치솟았다. 눈이 터질 듯했다. 누군가를 원망하거나 질책할 수 없는 혼자만의 자학이었다. 음모가 들킨 후 무너지는 자신이 비참했다. 큰소리로 대응했다. 손님이 그렇게 생각한다면 알아서 요금을 받으면 되지 않습니까? 승객 얼굴이 굳어졌다. 돈 몇푼 때문에 이렇게 화를 내는 것이 아뇨. 어느 정도 나이가 들었으면 자식들이나 젊은 사람들에게 모범이 돼야지 않겠소. 인생을 어떻게 살았는지 아직도 양심을 팔다니요. 인생 참 한심하게 보여요. 승객은 훈계조로 또박또박 말을 했다. 한마디 한마디가 기사 가슴에 비수처럼 꽂혔다. 높아진 혈압으로 온몸이 벌겋게 달아올랐다. 핸들을 잡은 손이 부르르 떨렸다. 눈앞이 어른거렸다. 양심이란 말만 머릿속을 꽉 메웠다. 언제 양심을 지키며 살 만큼 스스로가 만족스러웠나? 처음부터 양심 따위는 없었던 인생 같았다. 이제 와서 무슨 양심? 양심이란 말은 온몸까지 덜덜 떨게 했다. 승객에게 한마디를 꼭 하고 싶었다. '당신은 양심껏 살았소?'라고. 목구멍에 그 말이 걸려서 숨을 쉴 수 없었다. 잠시 현기증이 나는 듯했고 손님이 뒷좌석을 흔들었다. 그때 센텀 중앙로로 건널목에서 빨간 신호를 봤다. 급정거를 하려는 순간 왼쪽에서 질풍처럼 달려오는 오토바이를 봤고 급하게 핸들을 오른쪽으로 돌리면서 뒤쪽 범퍼에서 꽝 하는 충격을 느꼈다. 뒷좌석에서 앗! 승객의 비명을 마지막으로 들었다.

교통사고 다음 날

교장 선생님은 다행히 크게 다치지 않았다. 습관처럼 안전 벨트를 맨 덕분이었다. 기사에게 훈계할 때 두 손으로 앞좌석을 꽉 잡았고, 허리를 세우고 허벅지와 골반에 힘을 꽉 줬다. 잠결에 언짢아서 기사에게 잔소리를 길게 늘어놨다. 센텀 중앙로 신호등이 빨강으로 바뀌는 것을 봤다. 정지하는 줄 알았다. 기사는 차를 멈추지 않았고 고개를 좌우로 돌리며 건널목을 지나쳤다. 다시 멈추라고 말하는 순간 뒤에서 꽝 부딪히는 소리와 함께 정신을 잃었다. 몇 시간 후 깨어나니 병원 응급실이었고 어떻게 연락을 받았는지 아내와 아들이 와 있었다. 다행히 전치 3주 타박상이었다. 충격으로 허리와 손목, 어깨 부위에 근육통이 심했다. 교통사고로 두 명이 사망했으며, 택시 기사는 늑골 골절이었다. 가족들은 다행이라며 평소 운동으로 몸 관리를 잘한 덕분이라고 안심했다. 교통사고가 난 토요일 심야 뉴스에 짤막하게 보도됐다고 아들이 말했다. 뉴스에 난 현장이 끔찍하던데요. 아들은 고개를 절레절레 흔들었다. 사망 사고가 날 정도의 교통사고가 아닌 듯한데 오토바이를 탄 청년과 뒤차 사십대 여자가 사망했다. 경상, 중상, 사망. 순간 사람들이 세 갈래로 갈라졌다. 병실 창밖 아침은 초여름답게 싱싱하게 시작된다. 은행나무와 벗나무가 무성하게 초록을 품었다. 나무들을 보며 참 싱싱하다는 생각이 들었다. 이렇게 싱싱한 계절에 교통사고로 둘이나 사망이라니. 내가 괜히 택시 기사를 흥분시켰나? 몇 잔 소주 탓에 세상이 더럽게 보였나? 못 마시는 소주를 모처럼 두세 잔 마신 것은 오랜만에 만난 은행 지점장이었던 친구 때문이었다. 퇴직 후 몇 년간 소식 없던 지점장 친구가 불쑥 고등학교 동기회 사무실을 찾아왔다. 행색이 허름했다. 얼굴색은 파리했고 활발하던 말투도 어눌했다. 바둑 두던 친구들이 반가움과 놀라움으로 지점장 곁으로 우르르 몰렸다. 술 한잔 사달라는 지점장 부탁으로 친구들은 대낮부터 해운대시장 안 순댓국집으로 자리를 옮겼다. 부동산 중개사인 처남 친구에게 꼬여서 퇴직금을 경기도 재개발 지역에 투자하는 바람에 몽땅 다 날려버렸다는 것이다. 똑똑하고 약삭빠르다는 지점장이 사기를 당하다니. 어처구니없게 처남도 함께 사기 당했다니. 앞날이 걱정이라는 친구 넋두리를 들으며 못 마시는 소주를 몇 잔 마셨다. 술자리는 육십 넘은 친구들의 세상 험담으로 바뀌었다. 육십 넘은 인생의 허무가 술잔에 녹아들었다. 잘못돼가는 세상이라는 둥, 왜 이렇게 됐냐는 둥 왁자지껄 가슴 저리는 원성들이 곳곳에서 터져나왔다. 교장은 평생을 교육계에 헌신하며 올바르게 세상을 가르쳤다고 자부했는데, 술잔은 쉽게 입술로 갔다. 몇 잔 술이 나를 평소답지 않게 말 많게 만들었나? 나도 흥분했고 기사도 흥분했다. 내가 흥분하지 않았다면 기사도 흥분하지 않았을 것이고, 차분하게 차를 정지시켰을 것이고, 그들도 조심스럽게 운전했을 것이고…… 여운이 가슴에 저릿하게 남는다. 지나간 일들이다. 창밖 풍경은 싱그러움에 찬란하다. 몇천 원의 불쾌감은 창밖 푸르름에 비해 너무 보잘것없는데…… 자조하는 한숨이 절로 나왔다.

사고 열 시간 전

아침부터 남편이 던지는 말들이 그녀의 가슴을 콕콕 찔렀다. 또 핸드백이랑 구두를 샀다군. 며칠 뒤 내야 하는 은행 대출 이자는 어떻게 하려고…… 못 들은 척 거울 앞에서 눈 화장을 했다. 다행히 두 아이는 토요일마다 다니는 영어 학원에 간 후였다. 며칠째 집에서 일 건수가 없어 빈둥거리더니 남편이 그녀의 옷장을 뒤진 모양이었다. 그렇게 허구한 날 사들여서 집안 살림 다 말아먹고…… 앞으로 어떻게 하려고? 유행 지나면 고물상에서도 안 사들여. 돈이나 벌어놓고 그런 말이나 해라, 이 백수건달아. 눈 화장을 마치며 남편 잔소리에 화를 버럭 냈다. 허우대가 멀쩡하고, 명함에 제약회사 팀장이라고 적혀 있고, 아버지가 약국을 운영한다는 말에 그녀는 남편을 친구에게서 빼앗았다. 친구가 울고불고해도 모른 체했다. 오히려 통쾌하게 웃었다. 하지만 결혼 후 괜히 남편을 빼앗아 친구를 울렸나 후회했다. 허우대 멀쩡한 것은 지금도 여전하지만, 제약회사 팀장은 외판 담당이었고, 시아버지는 결혼 후 일 년 만에 죽으면서 25평 아파트를 유산으로 남겼다. 빛 좋은 개살구 집안이었다. 외판 실적이 저조하자 퇴출되어 별 볼일 없는 남편이 되었다. 허우대나 섹스만으로 몇 년을 지냈다. 그러다가 남편만 믿을 수 없어 보험 설계사로 나섰다. 그녀는 바깥 활동을 하면서 옷이랑 핸드백이랑 생활용품을 사치스럽게 사들였다. 그러면서 자신이 명품만 좋아하는 것을 알게 되었다. 남편의 잔소리를 뒤로한 채 집을 나섰다. 오늘 보험 몇 건을 잡아야 한다. 며칠 전 백화점에서 봤던 구찌 핸드백이 머릿속에서 계속 맴돌았다. 사고 싶은 마음이 급했다. 급하게 시동을 걸었다. 바깥으로 돌아다니는 업무가 많아서 소형차를 편하게 몰고 다녔다. 직장 동료들은 대형차를 안전하게 몰고 다니라며 충고했지만 소형차가 편했다. 시동을 걸면서 브레이크가 약간 이상하다는 것을 느꼈다. 급한 마음에 대수롭지 않게 생각하고 열한시 약속 장소로 향했다. 브레이크를 밟을 때마다 잡음이 길게 났다. 브레이크 잡음보다 오늘 주가가 더 궁금했다. 출근길 자동차의 시동을 걸기 전에 매일 그날의 주가를 확인했다. 오늘은 남편 잔소리 때문에 깜빡 잊고 있었다. 건널목 빨간 신호등이 켜지면 주가 동향을 봐야겠다고 생각하는데 핸드폰이 울렸다. 통화 버튼을 눌렀다. 직장 후배 김영주의 목소리가 급하게 들렸다. 언니, 큰일났어, 빨리 주가 동향 좀 봐. S젠이 폭락해서 거래 중단이야. 귓속으로 터지는 영주 목소리는 천둥보다 더 컸다. 몸이 부서질 듯이 떨렸다. 무슨 말이야? 신호등이 보이지 않았다. 미국에서 실행하던 간암 임상 3상 실험을 중단했대. 뭐라고? 어제까지만 해도 S젠은 오만 원대였다. 영주는 울먹이는 목소리로 S젠 주식 동향을 설명했다. S젠이 미국에서 실험 중이던 글로벌 임상 3상을 중단했고, 신약 가치가 없다는 판정을 데이터 모니터링 위원회(DMC)에서 받았다는 설명이었다. 하지만 그녀의 귀에는 영주의 목소리만 웅웅거릴 뿐, 무슨 말인지 제대로 들리지 않았다. 가슴이 얼어버렸다. 온몸이 갑자기 굳어졌다. 핸들을 잡은 손이 제대로 움직이지 않았다. 눈앞이 캄캄했다. S젠은 일억을 투자한 바이오주였다. 요즘 한 가닥 희망으로 부풀어 있던 생명줄이었다. 일억은 은행에서 대출을 받고, 주변 친분 있는 사람들에게서 빌려 마련한 돈이었다. S젠은 매일 그녀의 심장을 뛰게 했다. 곧 임상 3상 실험이 성공하면 졸부가 될 수 있다는 황홀한 꿈이었다. S젠 주식은 남편이나 아이들보다 더 사랑스럽고 귀중했다. 일 년 전 직장에서 뜨겁게 회자되던 바이오주가 S젠이었다. 틀림없이 미국에서 하는 임상 3상 실험이 성공할 것이고, 주가가 이십만 원대까지 오를 거야. S젠 주식 소문은 뜨거웠다. 너나없이 S젠 주식을 산다고 직장 안에서 난리였다. 당시 S젠 주가는 사만 원대였다. 늦기 전에 S젠 광풍에 동참해야 했다. 온갖 명품들을 원 없이 살 수 있다는 부푼 꿈이 가슴을 뒤흔들었다. 곧 고생에서 벗어날 수 있다는 희망도 가슴 한구석에서 하루하루 위로가 되었다. 그런 S겐 주식이었다. 차를 어디로 몰고 가는지 그녀도 몰랐다. 망했다고 울먹이며 전화를 끊은 영주도 바로 잊어버렸다. 브레이크를 밟았다 놓기를 반복하며 길 따라 차를 몰았다. 일어나지 않아야 하는 일이 일어났다. 앞날이 깜깜했다. 옆에서 지나가는 차들이 빵빵거렸다. 하지만 그녀에게는 전혀 들리지 않았다. 뒤에서 갑자기 경적을 울렸다. 깜짝 놀라서 액셀을 힘껏 밟았다. 속도가 급하게 올라갔다. 계기판이 보이지 않았다. 온통 시커멓게 보였다. 그리고 하루 종일 시간들이 엉켰다. 핸드폰은 계속 울렸다. 하지만 받지 않았다. 열한시로 약속된 고객도 보험 계약을 취소했다. 취소했다고 언짢을 틈이 없었다. 그녀는 남은 인생을 S겐 주식에 걸었다. S겐 주가 전망은 절망이었다. 절망에서 헤어날 수 없었다. 목적지 없이 차를 이리저리 몰았다. 어디로 갈까? 해운대 해변을 달리다 생각 없이 핸들이 움직이는 대로 달맞이길을 향했다. 점심때가 가까워졌지만 식욕조차 사라졌다. 입안이 바싹 타는 것조차 느끼지 못했다. 입술은 물기 없이 뒤집어졌다. 혼자만 있고 싶었다. '왜 나에게?' '왜 나만?'이라는 의문만 머릿속에 가득했다. 부아가 났다. 가끔 힘들 때 머릿속을 휘젓는 의문이었지만 쉽게 털어버릴 수 있었다. 하지만 오늘은 '왜 나만'이라는 부아가 끝없이 솟구쳤다. 언제 한

번쯤 편하게 자본 날이 있던가? 지난날들이 부아투성이로 변했다. 다른 생각은 없었다. 달맞이길 해월정 옆 주차장에 차를 주차시키고 달맞이 고갯길을 마냥 걸었다. 갈증을 느꼈지만 물을 마시고 싶지는 않았다. 그냥 말라 비틀어져서 쓰러지고 싶은 심정이었다. 바람은 바닷가에서 훈훈하게 불어왔다. 훈풍이 눈가를 스치자 눈물이 왈칵 쏟아졌다. 부아가 통곡으로 변했다. 문텐로드 숲길로 들어가서 통곡했다. 왜 나한테만? 블랙홀 같은 의문에 한없이 빠졌나. 억울하다는 생각이 뒤따랐다. 살아왔던 지난날이 억울했다. 제대로 가슴 펴고 살아온 적이 없었다. 하늘을 원망하며 억울해서 가슴을 탕탕 쳤다. 서러움이 더해갔다. 통곡은 숲속을 채웠다. 핸드폰이 계속 울렸다. 알 수 없는 번호였다. 어쩔 수 없어서 통화 버튼을 눌렀다. 큰딸 목소리가 들렸다. 엄마 오늘 영어 학원에서 학부모 수업 참관 하는 날이라 학원 오기로 했잖아. 큰딸은 화를 냈다. 울음을 겨우 참으며 미안하다는 말만 반복했다. 도저히 갈 처지가 아니었다. 어젯밤 두 딸과 약속한 것이 생각났다. 영어 수업을 참관하고 함께 L백화점에서 쇼핑하기로 한 약속이었다. 오후 세시 삼십팔분이었다. 투덜대는 딸을 겨우 달래서 전화를 끊었다. 폰을 끊자마자 울음소리는 더욱 커졌다. 두 딸의 앞날조차 절망이었다. 두 딸이 마냥 불쌍했다. 부모덕을 기대할 수 없는 앞날만 남았다. 우리 딸들은 앞으로 어떻게 하지? 답 없는 눈물만 쏟아졌다. 죽음이 머릿속에 스며들었다. 숲길은 죽기에 너무 포근했다. 숲은 훈풍으로 감싸였고 나무들 사이로 햇살이 반짝였다. 하지만 그녀에게는 부아만 솟구치는 별천지 같았다. 멍하게 숲길에 앉아 있었지만, 울면서 눈물 콧물을 흘리는 것 말고는 아무것도 할 수 없었다. 눈물 자국이 훈풍에 말랐다가 다시 생기곤 했다. 딸들에게 저녁이라도 제대로 차려주고 싶었다. 딸들이 불쌍하다는 생각에 더욱 서러웠다. 어느덧 저녁 여섯시가 되어갔다. 차를 집으로 향했다. 딸들이 좋아하는 김밥을 말아줘야겠다. 딸들에게 해줄 수 있는 유일한 엄마의 마음이고 행동이었다. 마음이 급했다. 브레이크 페달이 찍찍거리는 소리가 들리지 않았다. 망미동 쪽으로 차를 몰았다. 집 전화번호가 핸드폰에 떴다. 또 큰딸의 전화였다. 뭐 해! 엄마 배고파. 지애도 배고프다고 칭얼거려. 딸애 목소리가 온몸을 떨게 했다. 머릿속이 텅 비었다. 액셀을 힘껏 밟았다. 함께 웃으며 저녁을 맛나게 먹고 싶었다. 눈은 퉁퉁 붓고 아팠다. 눈꺼풀이 자꾸 처졌다. 어렴풋이 눈앞에서 택시가 비틀거리듯 보였다. 그러나 신경 쓸 틈이 없었다. 마음이 초조했다. 갑자기 택시가 멈추며 브레이크 등의 빨간 불빛이 눈앞을 가렸다. 브레이크를 힘껏 밟았다. 차는 멈추지 않고 더욱 속력을 냈다. 붉은 불빛을 향해 무섭게 달렸다. 앗! 그녀 입에서 마지막 비명이 터졌다.

찰나, 그녀는 부아에서 벗어났다. 찢어진 하늘로 담담하게 올라갔다. 담담해지는 것은 찰나였다. 딸들의 앞날은 그들의 몫이 되었다. 딸들의 저녁 식사도 필요 없다. 함께 먹을 수 없다. 하늘로 올라가면서, 말라비틀어진 몸에서 새어나오는 핏물만 보였다. 억울할 것도, 원망할 것도 없는 봄이 차 안에 찌그러져 있다. 무채색으로 변하는 도시 풍경만 보였다.

교통사고 사흘 후

노을은 언제나 거리를 찾아온다. 저녁 바람도 훈훈하게 여름을 거리에 뿌린다. 화요일 퇴근길 센텀시티가 온통 붐빈다. 6차선 대로가 온갖 차들로 가득 찼다. 벡스코와 백화점, 아파트 주변에 사람들이 어지럽게 다닌다. 빌딩들이 들썩이며 활기로 가득 찼다. 토요일 저녁나절과 다른 풍경이다. 교장 선생님이 교통사고 현장 근처 노천 카페에서 커피를 마신다. 꼭 한 번 교통사고 현장을 보고 싶었다. 하지만 핏물 흔적은 찾아볼 수 없다. 도시가 바쁘고 떠들썩하다. 너무 붐벼서 교통사고가 날 틈도 없을 것처럼 보인다. 차들이 20킬로미터 속도로 서로 붙어서 움직인다. 교통사고가 나더라도 접촉 사고 정도일 것이다. 사망 사고는 도저히 나지 않을 화요일 퇴근길이다. 퇴원하기 전 택시 기사를 보러 갔다. 6인실 병실은 아픈 사람들로 꽉 찼다. 기사는 깁스붕대로 골절 부위를 감은 채

로봇처럼 침대 위에 누워 있었다. 교장을 보자 쑥스럽고 미안한지 고개를 숙인다. 나는 다행이 가볍게 다쳐서 퇴원하오. 서로 미안하게 생각하지 맙시다. 보상도 바라지 않으니 몸이나 잘 챙기소. 두 명이 사망했다면서요? 죽을 정도로 큰 교통사고였소? 택시 기사가 얼굴을 찡그린다. 그들은 무엇 때문인지 우리보다 더 많이 흥분했던 겁니다. 나보다 더 부아가 났던 것이겠죠. 죽을 정도의 속도였으니까요. 손이나 눈이 분통과 원망으로 가득 찼을 겁니다. 나는 다행히 그들보다 덜 분했던 터라 이 정도 골절로 살아났죠. 시간 되시면 교통사고 난 장소에 가서 그들 영혼이나 달래주세요. 나는 가기 싫습니다.

노천 카페 옆 새로 개업한 치킨집 앞에서 핫팬츠를 입은 내레이터 모델이 야구장 치어리더처럼 음악에 맞춰 신나게 몸을 흔든다. 신장개업 홍보를 위해 춤을 추며 열심히 떠들어댄다. 빌딩들마저 함께 신나게 흔들리는 듯하다. 하늘로 올라간 그들에게는 이제 별 볼일 없는 이 세상 구경거리가 되었다. 너무 붐비는구나. 너무 정신없을 정도로 시끄러워. 목으로 넘어가는 커피가 쓰다. 빌딩들은 노을에 서서히 스며든다. 하늘만 넓게 펼쳐져 있다. 그들을 위해 눈물이 흐른다. 찰나였다. 노을도 빌딩도 바람도 찰나에서 시작되었다. 나도 찰나를 느끼며 뜨겁게 커피를 마신다. 그들은 찰나에서 하늘로 날아갔다. 노을이 서쪽 하늘로 사라진다. 커피를 마신 후 사고 지점

건널목 쪽으로 걸어간다. 파란 신호등으로 변한다. 건널목을 건넌다. 많은 사람들이 함께 건넌다. 바쁘고 빠른 걸음들이다. 그들은 찰나를 걷는다. 바로 이 지점이야. 찰나의 연극이 있었던 곳이. 연극은 끝났지만 노을은 언제나 빌딩 사이를 찾아온다.

발문

무명한 사랑의 방법

전성욱(동아대 기초교양대학 부교수·문학평론가)

어떤 누군가는 다른 무엇이 아니라 왜 하필 소설가가 되는
가. 그를 사로잡은 소설의 매력은 무엇이었을까. 오십이 넘은
나이에 등단을 해서 지금까지 세 권의 소설집을 내고 다시 또
한 권의 작품집 출간을 앞둔 허택 선생의 원고를 앞에 두고서
드는 물음이다. 선생은 유명한 대학 출신의 치과의사이다. 그
리고 그는 문학장의 주류에 속하지 않는 무명의 소설가이다.
수재를 향한 타인들의 동경과 환대 속에서 살았을 선생은 왜
늦은 나이에 무명한 소설가의 길로 나아간 것일까. 의학도였
던 루쉰은 이른바 환등기 사건의 고백을 통해 몸이 아닌 정신
의 개조가 민족을 위한 급선무의 과업이었다는 자각 속에서
문필가의 길로 전향하였다고 했다. 루쉰 이래로 한국의 독자

들에게서 가장 많이 읽히고 있는 중국의 소설가 위화는 오 년 동안 치과의사로 일하다가 전업 작가가 되었다. "매일 여덟 시간의 노동과 세상에서 가장 별 볼 일 없는 풍경을 지닌 입 속을 평생 들여다보고 살아야 하는 삶은 그야말로 어둠 그 자체였다."(위화, 『영혼의 식사』, 최용만 옮김, 휴머니스트, 190쪽) 위화에게 그 일은 희망 없는 고역이며 생계를 위한 방편 이상의 것이 아니었다. 루쉰과 위화는 육신의 건강에 비해 정신의 힘, 역사의 무게를 우선에 두고 외침과 희망으로써 적막과 어둠을 타개하기를 바랐던 작가이다. 물론 허택 선생이 루쉰과 위화처럼 의사의 자리를 버리고 소설가가 된 것은 아니다. 허택 선생은 사람의 몸, 건강한 육신을 향한 집념을 가진 치과의사로서 바로 그 몸의 소리를 통해 세상을 읽는 소설가이고자 하는 사람이다. 그러므로 그에게 치과의사라는 생업과 무명한 소설가의 과업은 둘이 아니다. 진료 행위의 심화이자 확장으로서의 글쓰기, 다시 말해 선생은 치과의로서의 삶에서 얻은 통찰을 소설이라는 품 넓은 문학의 갈래를 통해 풀어내려는 하학상달의 작가이다.

어느 작고 문인을 추모하는 조촐한 자리에서 허택 선생이 나직하게 한 말씀이 마음에 오래 남았다. 고인과의 인연을 회고하는 소임을 맡은 선생이 이렇게 운을 뗐다. "사람의 입속을 조용히 들여다보면, 그 사람의 살아온 삶을 엿볼 수가 있습니다." 누군가는 이 말을 쉽게 여길지도 모르겠지만, 눌언

(訥言)이란 말처럼 대개 신오한 뜻은 덤넘한 말로써 그 무거움을 가린다. 발치의 단순 노동에 종사했던 위화의 경우 내원한 자의 아픈 입속은 고고한 사유의 대상으로 깊어질 수 없는 것이었다. 그러나 선생이 들여다본 그 축축하고 어두운 입속의 작은 공간은 삶의 진실을 만나는 거대한 구멍과도 같은 것이 아니었을까. 거의 사십 여 년 동안을 매일같이 헐고, 붓고, 썩고, 닳고, 깨진 것들을 지켜본 사람의 마음은 어떤 것일까. 좀 지나치다고 할지 모르겠으나, 나는 그것이 어느 종교의 제단 앞에서 하루를 빠뜨림 없이 공양을 하고 기도를 드리는 사제의 그것과 크게 다르지 않은 것이리라 감히 짐작해본다. 비슷한 것의 지루한 반복을 견뎌내지 못하거나, 그냥 무뎌지고 무덤덤한 사람이라면 결코 소설가와 같은 것이 될 수는 없는 것이다. 그러니까 비슷한 것의 반복 속에서 유일한 어떤 것을 찾아낼 수 있는 사람, 그런 사람만이 소설가일 수 있다는 말이다.

유명한 삶을 좇는 자의 욕망이 몸을 해친다. 그런 욕망을 부추기는 사회가 여러 가지 폐단을 낳는다. 개인의 몸을 해치는 입신출세주의와 문명의 패악을 낳는 개발근대화는 곧 사람과 사회의 건강을 해치는 자해의 과정이었다. 그러므로 유명을 좇는 삶이 가져오는 몸의 질병을 치유하기 위해서는, 무엇보다 먼저 무명한 삶의 복된 가치에 눈을 떠야 한다. 유명을 위한 질주가 건강을 해친다면, 무명한 것의 가치를 발견하는 글쓰기는 건강을 회복하는 하나의 방법이다. 그것이 바로 허택 선생이 소설가의 길로 들어서게 된 소이연이 아닐까. 몸의 증상과 질환에 민감한 선생의 소설은 병증의 회복을 지향하는 일종의 건강론으로 펼쳐진다. 물론 그것은 세속적인 양생(養生)의 방술이 아니라 특유의 인생론이며 문명론이고 또한 문학론의 표현이다. 사람과 사회의 건강에 대한 선생의 애틋한 자의식은 비단 글쓰기의 문제로 국한되지 않는다. 일상의 생활에서 그는 주변 사람들의 건강에 대하여 살뜰한 마음을 자주 표현하곤 한다. 특히 창작에 전념하지 못하고 생계를 위하여 몸을 버리는 젊은 작가들의 건강에 대해서는 더 안타까운 마음을 감추지 못한다. 작가들의 단체나 행사에 기여금을 내는 것은 물론이고, 젊은 작가들의 모임에 가서 슬쩍 술값을 찔러주고 가는 것 모두에, 묵묵하게 창작에 임하고 있는 무명한 동료 작가들의 건강에 대한 염려가 담겨 있다. 그것이 크게 주목받지는 못하더라도 열심을 다해 자기의 길을 가는 사람들에 대한 선생 나름의 깊은 응원의 마음이라는 것을 안다. 그것이 유명한 대학을 나와서 치과의사로 살아온 사람이 무명한 소설가가 되어서 하는 무명한 사랑의 실천이라는 것을 나는 잘 알고 있다. 그래서 나는 세상 모두의 건강을 바라는 그 마음에서 나오는 선생의 아름다운 희사(喜捨)와 성실한 소설들을 일러 무명한 사랑의 방법이라고 부르고 싶다.

이번 소설집에는 노년의 감각이랄 수 있는 어떤 미묘한 기미들이 여러 곳에서 감지된다. 질병이 만연한 시대를 치유하는 현로(賢老)의 존재가 인상적이다. 시드는 생명을 정성껏 가꾸고, 성난 것들을 너그럽게 누그러뜨리고, 아파하는 것들을 애처롭게 보듬어 안는 그런 존재. 근엄함보다는 자애로움이 느껴지는 그 동글동글하고 몽글몽글한 모습 앞에서 성나고 모난 것들은 날카로운 기세를 꺾지 않을 수 없다. 사람들의 냉대로 온기를 잃은 사내에게 온정을 베푸는「끝나지 않는 싸움」의 보육원 할아버지와 꽃집 할머니가 그렇고, 서로 다른 입장에서 살아온 두 친구의 대립을 중재하는「1995년의 결」에 나오는 주점의 할머니가 그러하고, 교통사고로 죽은 자들의 영혼을 애도하는「찰나의 연극」에서 노년의 교장 선생이 그러하지만, 「어처구니없게도, 그러나」의 외할머니는 그야말로 허택 선생 본인의 의중이 가장 뚜렷하게 투영된 자애로운 치유자의 면모를 보여준다. 서로를 착취하는 것을 넘어 자기를 착취하는 지경에까지 이른 현대사회는 무엇보다 사람의 몸과 마음을 우악스레 무너뜨린다. 그러니 피로와 슬픔을 견디려고 해로운 것들을 먹어대는 역설적인 악순환이 반복된다. 그러다가 때때로 젊은 사람이 때 이른 죽음을 당하기도 한다. 그 살풍경의 틈바구니 속에서 건강을 해친 외손녀를 불러들여 건강을 회복시키는 그 외할머니의 존재가 치유하는 현로의 전형이다. 허택 선생은 바로 그 할머니의 역할이 곧 이 시대의 소설가가 맡아야 할 가장 시급하고 중한 일이라고 생각하고 있는 것 같다.

고령화 사회가 된 지금, 우리가 노인들에게서 갖고 있는 유력한 인상이란 무엇인가. 치유자로서의 자애로운 노인은커녕 태극기를 든 성난 노인의 악다구니가 먼저 떠오르는 것은 아닐까. 매사를 못마땅하게 여기는 고약한 노인들의 인상이 압도적이라면, 그것은 사실 나이 든 사람들을 외로움 속에 방치하는 비정한 현실의 탓이리라. 이해하려는 힘든 노고보다 쉽게 적대시하거나 혐오해버리는 불인(不仁)한 풍조가 그런 고립을 더욱 악화시킨다. 오래는 살아도 비참하게 살다가 죽음을 맞는 노년의 역설이 끔찍하다. 그것은 몸과 정신의 건강하고는 무관하게 의료 산업의 활황으로 갑자기 수명만 늘어나게 된 부조리한 현실의 한 단면일 수 있다. 그러나 선생의 소설이 그려내는 것은 그런 부조리한 현실 자체가 아니다. 그의 소설은 문명의 부조리를 역전시키는 자연과 생명의 이법에 대한 근실한 경외를 우회적으로 표현한다. 그런데 나는 그것이 노년의 작가들이 귀착하고 마는 어떤 초월의 경향일 수 있음에 우려를 거두지 못하겠다. 자연과 생명이라는 근원적인 이법으로 부조리한 현실의 그 복잡하고 난삽한 얽힘을 일거에 풀어낼 수는 없는 것이다. 그러므로 만년에 이른 작가는 개별적인 것들의 혼돈을 조리 정연하게 해소할 수 있는 만능의 어떤 관념에 이끌리는 유혹을 단호하게 차단할 필요가 있다. 나는 선생이 그려내는 그 생명의 이법에 대한 자각이 몸과 건강에 밀착한 직업적이고 일상적인 하학상달의 결실이라는 사실을 신뢰하고 싶다. 그러니까 그에게 생명은 단순히 추상적인 관념이 아니라 물리적인 몸에서 힘겹게 추상해낸 또렷한 자각일 것이라고 믿는다. 나는 선생이 문학적으로 궁리하고 있는 생명이 초월적인 이념으로서의 이법을 지양하고 심오한 형이상학적 관념으로 더 깊어지기를 바란다.

선생이 근래에 쓴 자전 산문을 읽는데 다음 구절이 눈에 들어왔다. "평생 심층 깊숙이에서 어렴풋이 우울감과 허무함을 유발하는 정체가 드러난다. 내 마음을 현재처럼 자극했던 생존에 대한 불안은 한국의 역사적 비극이었던 6·25전쟁의 상흔임을 알게 된다."(허택, 「문학은 나의 삶이다」, 『작가와사회』 2020년 여름, 55쪽) 이런 고백은 자기 문학의 원천에 대한 나름의 설명이라고 할 수 있겠다. 전후에 태어나 피난의 도시 부산에서 유년을 보낸 작가가 지켜보았던 것은 풍요가 아니라 빈곤이었고, 기쁨이 아니라 우울이었으며, 행복이 아니라 만연한 고통이었다. 한마디로 유년의 그에게 조국과 민족은 기댈 수 있는 위대한 무엇이라기보다 건강을 잃은 유약하고 병든 몸과 같은 것이었으리라. 그렇게 허무와 슬픔을 심중에 안고 성장한 선생은 신이 떠나버린 죄업의 시대를 견뎌내기 위하여 실존주의로 이끌려갔던 것이다. 그리고 그는 수재 소리를 듣는 공부 잘하는 학생이었고, 모두가 흠모하는 유명한 대학을 나왔으며, 마침내 치과의사라는 유력한 직업을 갖게 되었다. 전후의 우울이 배태한 한 정신이 그처럼 유명하고 유력한 길로 나아간 데에는, 무명한 자들의 폐허로 가득한 삶에 대한 어떤 구원의 마음이 닿아 있었던 것은 아닐까. 신이라는 초월적인 보편자가 아니라 휴머니즘이라는 선량한 의지가 세속의 가난과 질병으로부터 벗어날 수 있는 방법이라는 것, 그러니까 선생에게서 무명한 사랑의 방법이 싹튼 자리가 어디인가를 짐작해볼 수 있는 단서가 바로 저 산문의 한 구절이라고 여겨진다. 그렇게 그는 건강의 회복을 그리는 소설가가 되어야만 했던 것이리라.

그렇다면 소설가로서 선생이 실천하려는 무명한 사랑의 방법이란 무엇인가. 이번 소설집에 이르기까지 그의 소설에서 심화되어온 주제는 신체적, 사회적 몸의 건강이다. 대체로 선생의 작품들은 정신의 공허와 문명의 결핍을 건강의 상실이라는 몸의 사태로써 풀어낸다. 『중용』의 논법을 따르면 중용(中庸)이 구현된 건강한 몸의 상태를 인(仁)하다고 하고, 중용의 도가 깨져 건강을 잃은 몸을 불인(不仁)하다고 한다. 불인한 것을 인한 것으로 반전시키는 것이 곧 건강의 회복이며 그것이 또한 중용의 실천이라는 것을 이해한다면, 선생이 자기 문학론의 핵심으로서 중용을 이야기하고 있는 것을 어렵지 않게 납득할 수 있다. 역시 자전적 산문의 한 구절이다. "중용의 미덕으로 우리의 삶은 더욱 윤택해지고 공생의 웃음만이 지구촌에 퍼질 텐데, 60여 년 거의 매일 몸과 마음은 서로 전투 중이었다. 어느 한쪽이 아파졌을 때 중용을 깨달았다. 늦었지만 글로써 몸과 마음의 화해를 시도해본다. 중용을 행하고 싶었다. 공존의 삶에서 몸과 마음이 서로 사랑해야 함을, 글을 적으면서 느끼고 싶다. 중용의 행복을 늦게나마 맛보고 싶다. 중용의 행복한 웃음을 공존의 타인에게서 보고 싶다. 문학의 깊이를 중용에게서 배우고 싶다."(「문학은 나의 삶이다」, 62쪽) 이번 소설집의 특기할 의미라면 선생 나름의 그 중용의 문학론을 실제의 창작으로 구현해보려 했다는 것에서 찾을 수 있겠다. 「끝나지 않는 싸움」은 몸과 마음의 분열상이라는 예의 그 중용의 미덕이 파괴된 실상을 양손의 대립이라는 독특한 상상력으로 그려낸 작품이다. 회개하여 선한 의지를 갖게 된 왼손과 여전히 악행의 충동을 제어하지 못하는 오른손이 대립하여 일어나는 사건들을, 양손 각각의 시점을 병치하며 풀어냈다. 한 몸의 두 손이 이처럼 분열됨으로써 중용의 도가 깨지게 되는 원인을 사회의 냉기가 사람을 허기지게 만들었기 때문이라고 했다. 냉기가 허기를 낳고, 허기가 쌓여 독기를 분출하게 된다고 하면서, 모든 악행의 원인인 냉기를 이겨내는 힘은 온기, 즉 사랑이라는 것을 표현하려고 했다. 냉대 받은 인간은 온기를 얻음으로써 36.5도의 적정 체온(중용)을 회복할 수 있다는 것, 다시 말해 사람의 온기(휴머니즘)야말로 사람과 사회의 건강을 회복하기 위한 핵심이라는 것이다. 결말은 진부한 조화 대신에 어쩌지 못하는 난해

한 현실의 실상으로 귀결한다. 미혼모에게서 태어나 버려진 아이가 냉대 받아서 생겨난 그 허기를, 보육원 할아버지와 꽃집 할머니의 온기로 다 채워줄 수는 없다는 냉엄한 결말이 여운을 남긴다. 한편으로 나는 중용의 관념에 대한 자의식이 너무 셀 때 조화와 부조화, 균형과 불균형의 이분법적인 도식화에 빠져들 수 있는 위험에 대한 자각을 당부하여 두고 싶다. 작가의 자의식을 연역적으로 적용하려 할 때 벌어지는 우악스런 환원론은 언제든 위험한 것이니까.

사람이든 사회든 문명이든, 중용의 도가 깨지면 불인하게 된다. 몸과 마음의 건강을 잃게 된다는 말이다. 건강이 상실된 몸의 마지막은 죽음이다. 「허무, 끝」에서 남자가 투신해서 목숨을 잃는 것도 그 때문이다. 사기를 당하고 친구에게 여자를 빼앗기고 원망이 쌓인 남자는 몸과 마음의 균형을 잃는다. 친구에게 복수를 하고 아내를 겁탈하는 위악을 저질러서 균형을 바로잡을 수는 없다. 누나의 목소리를 통해 압박하는 기독교의 신은 불인한 상태로부터의 구원이기는커녕 억압적인 초자아로서 그를 막다른 곳으로 몰아간다. 바로 여기에 무신론적 실존주의의 영향을 받았다는 선생의 자의식이 투영되어 있는 것이리라. 그렇게 중용의 도로부터 멀어진 남자는 허무의 끝에서 투신한다. 교차로에서의 삼중추돌을 다룬 「찰나의 연극」은 두 명의 죽음을 불러온 바로 그 충돌 자체가 중용의 도가 깨진 불인한 참사임을 여실하게 드러낸다. 사람들이 외부의 스트레스와 압박을 견뎌내지 못하고 내적으로 붕괴된 순간, 다시 말해 안팎의 균형과 조화가 무너진 그 찰나의 순간에 사고가 발생한다. 특히 사고로 죽은 두 남녀는 '왜 나만?'이라는 피해 의식에 사로잡힌, 타자 혹은 외부를 견뎌내기 어려운 취약한 사람들이었다. 그런 의미에서 그와는 반대로 시련과 고난을 거쳐 사랑과 생명의 가치에 눈을 뜸으로써, 마침내 자기에게 상처를 주었던 전 남편마저도 편하게 받아들일 수 있는 중용의 윤리적 주체로 성장하는 여자를 그린 작품이 「언제나 편하게」라고 할 수 있다. 그 주인공과 관련하여 소설 속의 여성 인물을 두고 선생과 대화를 나눈 적이 있다. 지나고 생각해보니 그때 내가 선생에게 「피가 흐림 후 맑음」과 「언제나 편하게」 이 두 작품의 여성에 대한 인물 묘사의 평면성에 내재한 어떤 편견을 이야기했을 때, 그런 소심한 지적을 겸허하게 받아들이던 그 모습이 바로 그와 같은 중용의 태도이지 않았을까 싶은 생각이 든다. 더불어 지금껏 늘 그래왔던 것처럼, 이번 소설집에서도 무엇을 쓸 것인가와 함께 어떻게 쓸 것인가에 대한 나름의 노력을 확인할 수 있는데, 시점의 변주라든가 소설 형식의 진부함을 벗어나려는 그런 노력 역시 신생(新生)의 활력, 예의 그 건강의 사상을 미학적으로 실현하려는 의지이며 내용과 형식의 중용을 이룩하려는 작가의 바람이라는 것을 알겠다.

　선생이 창작을 통해 실천하고 있는 몸과 건강의 문학론은 곧 중용의 문학론이기도 하다는 것을 알겠다. 몸과 마음, 개인과 사회, 남자와 여자, 부자와 빈자의 조화와 균형이 중요하다. 그 균형을 깨뜨리는 중용의 미덕에 대한 반역의 핵심이 유명한 삶을 향한 절제를 모르는 상승의 욕망이다. 「피가 흐린 후 맑음」의 여자를 심근경색으로 죽음의 문턱 가까이로 몰아갔던 것이 바로 그 유명의 욕망이었다. 유명의 욕망은 곧 죽음을 향한 질주인 것으로 드러났다. 「습진이 만든 병」의 남자도 산(자연) 쪽에 있는 서민 동네를 떠나 부자들이 사는 신축 아파트 단지(문명)로 이사하면서부터 유명한 삶을 위한 상승의 욕망을 본격적으로 불태운다. 그는 습진으로 상징되는 무명한 삶의 곤란으로부터 헤어나고자 하였으나, 그렇다고 성공이라는 유명한 삶을 향해 질주하는 것이 구원의 방법이 될 수는 없었다. 그것은 도둑질도 얌체 짓도 가리지 않는 도덕의 파탄으로 귀결될 뿐이었다. 허택 선생은 그런 도덕의 파탄을 넘어 중용의 미덕이 구현된 건강한 세상을 이렇게 상상하는 듯하다. "꽃잎들 위 이슬이 햇살 따라 영롱하게 반짝인다. 천사들의 보석처럼 영롱하다. 숨이 막힐 정도로 빨갛다. 순결하게 빛나고 있다. 바람결 따라 흔들리는 햇살에 담긴 장미 꽃잎들이 찬란하다."(105~106쪽) 「허무, 끝」의 한 구절이다. 충만한 마음으로 서로를 사랑하고 저마다의 생명이 약동하는 아름다운 자연의 세계, 꽃과 나무와 바람과 햇살이 조화로이 어우러진 세계, 그것을 잃어버린 실낙원이 바로 건강을 해친 불인한 이 문명의 현실이다. 입신양명과 문명개화라는 유명을 향한 질주가 생명을 죽이고 상호부조의 민중 공동체를 분열시켰다. 그렇게 인류세를 사는 우리는 모두 몸과 마음을 크게 훼손당하고 있다.

선생이 고희를 바라보며 펴낸 이번 소설집에는, 그렇게 죽이고 분열시키는 불인한 세계를 중용의 도가 통하는 건강한 세계로 되돌리고 싶은 간절한 마음이 깃들어 있다. 그 간절한 마음을 함축하는 것이 소설집의 곳곳에 나오는 바람이다. 바람은 생명의 숨결이다. 그것은 죽어가는 것을 되살리는 생생한 활력이다. "어릴 적부터 바람에게서 느꼈다. 경이로운 사랑의 힘을. 외로울 때나 절망적일 때 혹은 암담할 때, 바람의 속삭임을 들었다. 하늘로부터 휘몰아치는 바람의 소리는 봄, 여름, 가을, 겨울 어느 계절에서나 강하게 외쳤다. 절망을 이겨내서 더 큰 자연의 품을 찾아 나서라고. 인간의 생존을 위해 자연에서 희망을 찾아내라고."(「문학은 나의 삶이다」, 60쪽) 유명한 삶을 꿈꾸다 지치거나 다친 이들에게 후― 하고 생명의 숨결을 불어넣는 것, 그것이 사랑이 아니라면 무엇이겠는가. 바람은 사랑이고, 소설가는 바람을 일으키는 자이다. 바람이 분다. 이제 선생은 곧 몸에 관한 장편소설의 집필에 들어갈 것이다.

　세월이 빠르다. 어느덧 세월에 나만의 70결이 새겨졌다. 인생은 녹록지 않다. 생의 철학은 심오하다. 의문스런 세상과 세월에 아리송하게 살아온 듯하지만 세월의 한 결마다 무난하게 삶의 무늬를 새겼던 것 같다. 70성상에 인생과 세상의 도를 어럼풋이 깨닫고 느낀다. 여러 인생살이 중 문학을 접한 생은 행운이었다. 꿈을 가졌고 꿈을 이룰 수 있어서 스스로 행복했다. 네번째 작품집을 출간하며 세상에 감사하다는 마음이 유독 크게 느껴진다. 언제나 부족하다고 느끼는 나의 삶에 문학의 힘은 자양분이었다. 세상에 감사할 뿐이다. 특히 코로나 팬데믹이라는 재앙에서 자연의 위대한 원리가 더욱 느껴지는 시점에 공동체의 삶은 언제나 감사해야 할 것 같다.

지우, 하준과 함께 행복과 사랑을 느끼게 해주는 가족에게 감사하고, 인생을 함께 토로하며 지내온 친구들에게 감사하고, 주변 삶을 공유한 이들에게 감사하다. 특히 윤후명 선생님의 은혜는 너무 감사한 마음뿐이다. 문학의 길에서 만난 문우들에게도 감사의 말을 꼭 하고 싶다.

그간 '허허실실' '외유내강'의 삶을 살아오고자 했던 자신에게 한번쯤 웃음 짓고 싶다. 남은 생을 건강하고 건필하며 느긋하게 자연의 숨을 들이켜며 살아가련다. 주변에 감사하다는 마음을 간직한 채.

네번째 작품집 출간에 함께한 강출판사 식구들과 전성욱 평론가님께 거듭 고맙다는 말을 전한다.

2021년 4월
허택

언제나 편하게

ⓒ 허택

1판 1쇄 발행 | 2021년 4월 23일

지은이 | 허택
펴낸이 | 정홍수
편집 | 김현숙 임고운
펴낸곳 | (주)도서출판 강
출판등록 | 2000년 8월 9일(제2000-185호)

주소 | 서울시 마포구 동교로 17안길 21(우 04002)
전화 | 02-325-9566
팩시밀리 | 02-325-8486
전자우편 | gangpub@hanmail.net

값 14,000원
ISBN 978-89-8218-275-4   03810